GEDANKEN-TRANSPORTER

Science-Fiction

Roman

von

Felicia C. Gerber

Für meinen Mann Günter

Und als Andenken an meinen Eltern und Großeltern die mich bedingungslos geliebt haben.

Ich danke meinem Mann Günter von ganzem Herzen für seine liebevolle und unermüdliche Unterstützung. Ohne ihn würde es diesen Roman nicht geben.

Genauso herzlich möchte ich mich auch bei meiner Tochter Myriam G. Gerber, der Studentin der Vergleichenden Sprachwissenschaft Kira Börner und einem befreundeten Diplom Übersetzer für das Korrekturlesen bedanken.

Cover-Model Myriam G. Gerber

Felicia C. Gerber

Gedanken Transporter

Science-Fiction

Roman

Impressum

Bibliografische Information der Deutschen Nationalbibliothek: Die Deutsche Nationalbibliothek verzeichnet diese Publikation in der Deutschen Nationalbibliografie; detaillierte bibliografische Daten sind im Internet über www.dnb.de abrufbar.

Herstellung und Verlag:

BoD – Books on Demand, Norderstedt

ISBN 9783749408443

MIX
Papier aus verantwortungsvollen Quellen
Paper from responsible sources
FSC® C105338

Inhaltsverzeichnis

Vorwort

Meine Fantasie ist zumindest für mich bestätigt als

Jacques Attali
Geboren am 01.11.1943 in Algier; französischer Wirtschaftswissenschaftler schrieb:

Telepatia este astfel (deja) realitate. "Vom culege cu toţii „beneficiile" acestei tehnologii. „Mâine, aceste procese vor permite să avem forme de comunicare directă prin intermediul minţii, să ne îmbunătăţim procesul de învăţare şi de creaţie în reţele de comunicare asistate electronic." Consecinţa acestei evoluţii va fi supravegherea sufocantă. Astăzi, statul are acces la profilul nostru de pe Facebook, mâine ne va cunoaşte fiecare gând al nostru.
Într-o zi, consideră Attali, conştiinţa va fi stocată digital şi va fi posibil să trăiască în gazde multiple…

Übersetzung aus dem Rumänischen in Deutsch von F. C. Gerber

Die Telepathie ist „schon" Realität. „Wir alle werden dank dieser Technologie Vorteile bekommen.
Morgen wird dieses Prozedere eine direkte Form der Kommunikation durch den Verstand erlauben,
um das Lernprozedere und die Entwicklung in der Kommunikationsvernetzung, die elektronisch assistiert werden, zu verbessern."
Folglich wird diese Entwicklung die erstickende Aufsicht sein.
Heute hat der Staat Zugang zu unserem Facebook-Profil, morgen werden sie jeden unserer Gedanken kennen.
Eines Tages, schätzt Attali, wird unser Bewusstsein digital aufgestockt, und es könnte möglich sein, dass es in mehreren Gastgebern leben kann.

-/-

Die Gedanken waren, sind und werden immer frei sein!
Ihre Schriftstellerin

Die Geschichten
sind natürlich frei erfunden und Ähnlichkeiten mit real existierenden Personen oder Situationen sind rein zufällig.

Marc Aurel

Das Leben eines Menschen ist das, was seine Gedanken daraus machen

Kapitel I

DIE GEDANKENTRANSPORTER

Marie Freifrau von Ebner-Eschenbach

Ein Gedanke kann nicht erwachen, ohne andere zu wecken.

(1830 - 1916), österreichische Erzählerin, Novellistin und Aphoristikerin

Quelle: Ebner-Eschenbach, Aphorismen, 1911. Originaltext

Genau um Punkt 12 Uhr hört man im ganzen Universum die Nachrichten:
»Ein Gedanke kommt nie alleine. Es folgen ihm tausende, ich meine, Millionen von Gedankentransportern. Liebe Mitmenschen, obwohl wir das Jahr 3030 schreiben, haben wir nichts dazugelernt. Die Roboter oder die halb-maschinellen Wesen mit ihrer höchst perfektionierten künstlichen Intelligenz und wir, die noch übriggebliebenen Menschen, in denen die Gedankentransporter eine gewichtige Rolle spielen, führen immer noch zusammen oder gegeneinander Kriege. Es gibt wenige Plätze auf den künstlich angelegten Kugelplaneten, an denen Zufriedenheit, Verständnis und Frieden herrscht. Ihr, meine Mitbewohner aller Galaxien, vergesst nicht, dass nur die Denker, diese Gedankentransporter, unsere besten Freunde oder die gefährlichsten Gegner sein können. Ein Teil von uns Menschen lebt auf bestimmten Flecken der Erde oder unter der Erde. Der Rest von uns auf Kugelplaneten über Wasser oder im Weltall. Die Gedankensammler können unsere Gedanken lesen, erahnen und transportieren! Sie können noch viel mehr, aber bis jetzt konnten wir die Gedankenformel nicht entziffern. Ganz vorne, an oberster Stelle, steht die größte und älteste Denkerin, die Fee. Danach kommen ihre Tochter und Enkelkinder...«
In einem großen Konferenzraum mit undefinierbaren Lichtern, auf einem speziellen Kugelplaneten irgendwo im Universum, hört man in einem geheimen Labor der Weltmacht, wie eine Stimme die Nachrichten unterbricht.

»Jetzt, reicht es!«
Die wichtigste Person in diesem Konferenzraum, der Professor, macht mit der Hand eine horizontale Bewegung in Richtung der Wand, aus der die Nachrichtenstimme kam. Er ist sichtlich aufgeregt. Jetzt war es ganz ruhig im Raum. Zehn Männer, ganz in weiß gekleidet, sitzen an einem Konferenztisch. Der Tisch ist groß, sehr lang und mit einer Glasplatte versehen, durch die man die Beine der Sitzenden sehen kann. Einige von ihnen haben Schuhe an, andere nicht. Es war vorauszusehen, dass diese Sitzung mit hoher Wahrscheinlichkeit länger dauern wird. Aus diesem Grund hatten einige Wissenschaftler ihre Schuhe ausgezogen. Jeder ist mehr oder weniger mit sich selbst beschäftigt. Einer spielt mit seinen Händen, ein anderer streichelt mit dem Zeigefinger in langsamer Bewegung zart über den Nagel seines Daumens, und sein Nachbar ist vertieft in ein auffällig rotes Dossier. Nur einer, scheinbar der wichtigste von den zehn Männern, sitzt am Kopfende des Tisches und hält einen unheimlich aussehenden Kugelschreiber in seiner Hand. Dieser Kugelschreiber kann ihn vor Denkern schützen. Das ist seine Geheimformel. Der Professor ist groß, schmal und trägt einen frisch gestutzten Dreitagebart. Er spricht laut und bestimmend:
»Es ist Zeit. Jetzt bitte ich Sie alle um Ihre Aufmerksamkeit. Ruhe bitte!«, sagt er noch einmal laut und schroff, als die Anwesenden nicht aufhören, sich zu unterhalten.
»Ich bitte Sie, für die Dauer der ganzen Vorführung Ruhe zu bewahren. Ihre konstruktiven Meinungen,

wenn sie überhaupt notwendig sind, werde ich mir zum Schluss anhören. Ich möchte keine Unterbrechungen haben! Haben wir uns verstanden?«

»Ja, klar und deutlich, Herr Professor!«, kommt prompt die Antwort von den anwesenden Männern.

»Sie werden jetzt live ein Gedankenträgerexemplar erleben. Sie hat von ihrer Großmutter und Urgroßmutter, mütterlicherseits, die meisten Gene, Stärken und Fähigkeiten bekommen. Oder besser gesagt geerbt. Über sehr lange Zeit wurde mit ihren Genen experimentiert. Selbstverständlich hatte keiner etwas bemerkt. Diese Eingriffe in ihre DNA gehörten der höchsten Geheimhaltungsstufe an. Dies ist nicht die einzige Familie, aber für uns die wichtigste, denn sie ist die begabteste von allen Probanden. Sie alle werden erstaunt sein, wie weit wir mit unseren Ergebnissen gekommen sind.«

Der Professor schaut allen Anwesenden reihum tief und eindringlich in die Augen. Er hebt seine Augenbrauen. Sein Gesicht ist nun noch ernster als zuvor. Er ist sehr zufrieden mit sich. Er weiß jetzt, dass er ihre totale Aufmerksamkeit erlangt hat.

In dem Raum ist es so still, dass man die Mücke an der Wand hören kann. Die molekulare Darstellung ist etwas Undefinierbares. Sie ergänzt und produziert sich selbst schwebend im Raum, super groß und mysteriös zugleich. Das Licht wird heller und ein Kind, ein Mädchen, erscheint mit gesenktem Kopf. Sie ist überdimensional groß, in einer noch nie dagewesenen molekularen Zusammensetzung zu sehen. Das Mädchen sieht aus, als wäre es aus Millionen von

Puzzleteilen zusammengesetzt, die durch die Luft auf einen Stuhl transportiert wurden. Sie trägt nur ein weißes T-Shirt, eine kurze rote Hose und einen durchsichtigen außerirdisch aussehenden Helm mit unzähligen Knöpfen und Lichtern, die wie Sterne im ganzen Raum strahlen. Die Lichter sehen wie Gedanken aus. Man kann sie nicht festhalten oder einfangen. Die Wissenschaftler trauen ihren Augen nicht und schauen dem Ereignis mit halbgeöffnetem Mund zu. Das Mädchen, eine menschlich aussehende Lebensform, schaut gerade aus und fängt an, mit ernster Miene zu sprechen:

»Ich bin Mara, das Sprachrohr meiner Oma. Sie schickt mir die Gedankenwörter und ich schenke sie euch hörbar weiter.«

»Also, ihr Sapiens, ich werde euch durch meine Enkelin über die Vergangenheit, vielleicht auch über die Zukunft, ein wenig einweihen. Du kannst jetzt anfangen meine geliebte und über alles talentierte Mara!«

»Ich bin eine von euch, ich bin eine Sklavin des 19. und 20. Jahrhunderts.

Ich bin in den 80er Jahren im Alter von 25 Jahren aus meinem Heimatland geflüchtet.

Ich bin vor den damaligen Ideologien, vor einem Teil der Familie und sogar vor mir selbst geflüchtet. Ich bin vor dem Land geflüchtet, in dem man seine eigenen Worte flüsternd aus dem Asphalt hören konnte. Ich habe das Land, in dem ich geboren wurde, und diese wunderschöne internationale Stadt namens Bukarest, voll mit Kontroversen, Nationalitäten und Farben, verlassen müssen. Aber die Wände haben Ohren und Freunde können Feinde sein. Einige Familienmitglieder sind in der Partei und heiß auf die Vorteile, die für sie dadurch herausspringen. Sie halten sich bedeckt und geben nicht offen zu, dass sie praktisch Spione sind. Der Securist, der Geheimdienst an meinem Tisch, sozusagen! Die Sicherheit ist der Wunschtraum schlechthin. Sonst habe ich alles, Liebe, viel Liebe, Geborgenheit und Schutz. All dies bekomme ich von meinen Eltern und Großeltern, sowie von den engsten Familienmitgliedern, die nicht in die Partei eintraten. Ich bin verwöhnt worden und ich lebte in einem Elfenbeinturm, wie es ein griechischer Freund einmal ausdrückte. Mit 20 Jahre habe ich ein nagelneues Auto bekommen. Die Polizei stoppte den ganzen Verkehr in der Piața Romană, mitten in Bukarest, sodass ich mit meinem Auto problemlos rausfahren konnte, vom Bürgersteig aus in Richtung Arc de Triumph, zu meiner Freundin, die Tochter eines Ministers, oder in Richtung Calea Victoriei, zu der Akademie, in der mein Vater eine sehr hohe und wichtige Position innehatte. Ich war wichtig und das nur, weil ich in eine besondere Familie hineingeboren wurde, in der die Mutter die Hälfte der Reden von Ceausescu schrieb, eingesperrt in einem Zimmer, die ganze Nacht. Sie war getrennt von der anderen, ihr unbekannten, aber genauso wichtigen und vertrauensvollen Person, die die andere Hälfte der Reden schrieb. Mein Opa und mein Vater, ebenso wie meine Mutter, waren gewichtige, respektierte und geliebte Menschen in der Akademie. Meine Mutter wurde schon als Kind mit dem Rolls Royce des

Ministers und Wissenschaftlers Jorgu Jordan, GriGri genannt, Freund meines Opas, spazieren gefahren.
Mein Vater, der unter anderem auch eine „One-Man-Bank“ war und in einem geheimen Büro mit Siegel an der Tür in der Akademie arbeitete, rettete vielen Menschen das Leben und praktisch ihre Existenz.
Ich flüchtete vor Wohlstand, Ansehen, Geborgenheit, Liebe und Freunden, in ein Land, das mir Hoffnung und politische Freiheit versprach.
Der einzige Mensch, vor dem ich nicht geflüchtet bin und den ich immer und überall in meinem Herzen trage, ist mein Kind.
Wer kann mich verstehen, wenn ich von dem Augenblick erzähle, als mein Herz wie versteinert stehen geblieben ist, wie in einem Vakuum, für ein paar Sekunden lang, denn mein ganzes Wesen verließ gerade mein Kind. Mein Magen war nur noch ein Luftloch, herumgewirbelt wie von einem Taifun. Ein blondes Mädchen mit lockigen Haaren, rehbraunen Augen und gerade mal 3 Jahre alt nannte ich mein Kind.
Der Zug rollte aus dem Bahnhof, langsam, sehr langsam, schmerzvoll und laut, sehr laut. Was ich am Horizont noch sehen konnte, war nur ein blondes kleines Köpfchen und ein winkendes Händchen.
Gott sei Dank, mein kleines Wesen sah meine Tränen nicht.
Das Gefühl ist ein stummer Schmerz, unausgesprochen, unvermittelbar und unersetzbar. Mein Herz wurde in dem Moment in zwei Hälften zerrissen.
Die Mütter, die diese Gefühle kennen, können mich verstehen. Sie können die salzigen Tränen schmecken,

die wie Wasserfälle auf den Wangen zum Mund runterkullern. Die Mütter spüren diese unendliche, tiefe Trauer, die der Verlust eines geliebten Menschen auslöst, und nichts und niemand kann sie ersetzen.«
Die zehn Wissenschaftler hören angespannt zu. Es ist offensichtlich, dass dieser Moment sie berührt und aufgewühlt hat.
»Hört ihr, Mara ist das Sprachrohr ihrer Großmutter. Diese Experimente mit ihren Genen sind phänomenal! Ihr werdet es unterwegs schon merken.«, sagt der Professor und die Spannung wächst ins Unermessliche. Die Augen von Mara wandern von links nach rechts und von rechts nach links, ganz schnell hin und her. Dann fängt sie an zu sprechen:
»Ich erzähle euch jetzt wieder von früher, aus meiner Jugend. Die Familie bestimmt durch die Erziehung deinen Weg. Es ist ein Kampf der Generationen. Es ist immer so gewesen und es wird auch immer so bleiben. Die Kinder rebellieren gegen die Eltern und die Eltern gegen ihre Eltern.
Wir schreiben das Jahr 1974. Wir Jugendlichen feierten unseren Abiturball im Hotel International, im sogenannten Runden Saal. Im Runden Saal fanden regelmäßig nationale und internationale Veranstaltungen statt. Für unseren Abi-Ball wurden runde Tische in einem Kreis aufgestellt. Die überdimensionalen Kronleuchter verliehen dem Saal eine besondere Note. Die Türen waren groß, mächtig, wie aus der Märchensammlung „Tausendundeine Nacht“. Jeder von uns war elegant und außergewöhnlich schön angezogen. An meinem

bodenlangen grünen Abendkleid hatten meine Tante und meine Mama mit sehr viel Mühe und Präzision mehrere Tage und Nächte gearbeitet. Die unzähligen Pailletten an dem Kleid reflektierten tausende von Lichtern an die Wände und ließen mich wie eine Prinzessin aussehen. Mein langes schwarzes Haar, bis an die Taille reichend, hob die mit Pailletten bestickte Pelerine noch mehr hervor. Die silbernen, italienischen Römersandalen verzauberten meine Füße. Dieses Privileg dabei zu sein, genoss ich sehr. Es war damals Luxus pur. Hier durften nur gewichtige Personen teilnehmen. Seit ich neun Jahre alt war, gab es in dem Hotel Farbfernseher, auch wenn im Land selbst noch keine einzige Sendung in Farbe ausgestrahlt wurde. Wir wussten, dass die Nutten für die reichen und wichtigen Personen aus aller Welt zur Verfügung standen. Auf privaten Partys tranken wir Wodka und tanzten zu einer Kassette mit Liedern von Demis Russos und Bob Dylan, oder zu einer Single-Schallplatte von Roger Whittaker. Es war egal. Hauptsache, wir konnten von abends bis morgens die Nächte zusammen verbringen. Am nächsten Tag gingen wir, wie immer nach solchen Partys, müde, ausgelaugt, aber glücklich an die Uni oder zur Arbeit. Strenge Erziehung hatte starke Menschen aus uns gemacht.

Unter uns Freundinnen liehen wir Kleider, Schmuck und Autos aus. Wir halfen den Schwächeren in der Schule und teilten das Brot mit Heimkindern. Im Gegenzug beschützten sie uns. Wir sprachen und spielten mit behinderten Kindern und halfen der Oma über die Straße. Zu der damaligen Zeit war das im

Osten ganz normaler Alltag. Wir sagten „Guten Tag!“ und trugen dunkelblaue Uniformen. Oben links auf der Brust war ein Stück Stoff mit einer Nummer bestickt, wie ein Etikett. Die hellblauen Blusen, dreiviertellange weiße Strümpfe und ein weißes Band im Haar durften nicht fehlen. Wir zogen die Uniformen in den Pausen bis über den Gürtel und so wurden sie zu Mini-Röcken, ganz kurz bis unter den Po, bis die Lehrer uns endeckten und ermahnten. Wir konnten von der Polizei oder von den Nachbarn verfolgt und verraten werden, wenn wir die Schule schwänzten, denn das Etikett war sichtbar. Wir konnten gefangen und bei den Eltern abgeladen werden und uns in der Schule als schlechtes Beispiel des Patriotismus mit rot eingekreist auf einem Plakat wiederzufinden. Und trotzdem schwänzten wir die Schule, rauchten insgeheim, wollten keine sehr guten Noten mehr haben, denn nur die Idioten mit sehr guten Noten wurden an der Wand aufgelistet, und wir waren glücklich und fühlten uns beschützt.

Es war ein Katz-und-Maus-Spiel mit der Politik, der Polizei und den Generationen.

Man sah keinen Verbrecher auf der Straße. Die Polizei hatte Macht. Die Wände hatten Ohren. Die kleinen Securisten waren die Hunde des Staates. Sie kontrollierten, machten sich wichtiger als alle Chefs zusammen, schnüffelten überall und schmissen Leute aus dem Bett. Bist du ein Kind? Na und? Du hörtest das Holz der Schublade, hrjj, hrjjj, bum, bum! Sie wirbelten alles im Zimmer um, schmissen alle Sachen auf den Boden, traten, zertraten, hinterließen Chaos, schlaflose

Nächte, Angst und wieder Angst. Das Telefon wurde abgehört. Du wusstest es, du hörtest es, crrj, crrrjj, und sie wussten, dass du es wusstest, selbst mit gerade mal neun Jahren. Die Tochter der Schwester meines Vaters war in Deutschland. Deswegen die nächtliche Razzia.
»Haben Sie Dollar? Woher kommt das Geld? Vielleicht aus dem Ausland?«, fragten die Securisten kurz und knapp.
»Wenn Sie die Verbindung zu Ihrer Nichte in Deutschland beenden, überwachen wir Sie nicht mehr.«, sagte der Securist.
»Nie! Meine Familie ist für mich das wichtigste auf der Welt.«, antwortete mein Vater souverän.
Wir waren Sklaven der Politik, der Polizei, der Generationen.
Wir waren junge Erwachsene in den 80er Jahren. Die Jungs trugen Bart, karierte Hemden und lange Haare wie die Hippies. Wir Mädchen zogen Mini-Röcke an und Schlagjeans bis unter den Bauchnabel und fühlten uns cool. Wir verliebten uns, trennten uns, litten, wurden betrogen und betrogen aus Rache. So änderten wir unseren Weg. Sie wissen ja, jeder Schritt bestimmt unser Schicksal. Wir wussten, dass wir schwule Kollegen hatten und es interessierte uns nicht, nur der Mensch zählte. Das Regime interessierte sich aber dafür und war gefährlich.
Wir küssten uns in der Schule und wurden von den Lehrern als „Affen im Dschungel" verspottet. Das nannte man und nennt es auch immer noch Generationenkonflikt. Wir waren Sklaven der Erziehung.

Wir waren in einer Clique, Kinder von Fabrikarbeitern, von Piloten, Ärzten, Ministern, praktisch durch alle Schichten hindurch. Hauptsache wir waren Freunde und wir waren zusammen.
Wir identifizierten uns nicht durch unsere Eltern. Das war nicht unser Verdienst. Wir waren wir und mehr nicht.
Wir hatten Spaß, liebten und stritten uns, auf dieselbe Weise, wie jedes Kind oder jeder Jugendliche, egal in welchem Land auf dieser Erde.
Wir hatten keine Mobiltelefone, kein Tablet, kein E-Book, keinen Computer, und wir waren trotzdem immer vernetzt. Wir hatten uns immer gefunden, wenn wir nur wollten, auch bis ans andere Ende der Welt.
Wir hatten keine E-Mails, sondern haben Briefe geschrieben und Gedichte rezitiert. Wir hatten uns verabredet und bei den Freunden geklingelt und sie einfach besucht, geredet, gelacht, Briefmarken getauscht, gegessen, getrunken und Spaß gehabt.
Wir flirteten und küssten uns im Dunkeln auf den Partys. Sie fanden abwechselnd bei mir und bei jedem anderen aus der Clique zu Hause statt oder bei einem neu dazugewonnenen Freund. Die Väter machten das Licht an und ermahnten uns:
»Bitte, lasst das Licht an und tanzt lieber! Und du, runter von seinem Schoß! Das gehört sich nicht für eine junge Dame!«
Es dauerte nicht lange und die Party war schon vorbei, aber die Pärchen waren schon zusammengekommen und für den Moment zählte nichts und niemand anderes.

Wir wurden sehr streng erzogen.
Was ändert sich in der Zukunft? Ich erahne es nur.
Wir hatten uns gekannt und wir hatten die Eltern von den Freunden gekannt. Wir hatten die Lehrer und Direktoren gekannt.«
»Beobachten Sie, wie minutiös sie uns von den Jugenderlebnissen ihrer Großmutter erzählt? Und das passiert nur, weil sie es will. Es ist fabelhaft, denn nur so können wir viele Fakten von früher erfahren und vielleicht an unserer Zukunftsformel Änderungen vornehmen. Nicht umsonst haben wir synthetische DNA entwickelt.«, unterbricht der Professor, um die anderen weiter für die Erzählung zu sensibilisieren.
»Wir sind ganz Ohr, Herr Professor«, kommt prompt die Antwort.
Der Professor ist zufrieden.
Mara spricht sofort weiter:
»Wir hatten kein Fernsehprogramm, aber zwei Stunden Ceausescus-Rede war Pflicht. Dazu zeigten sie nur Parolen und Filme mit Untertitel. Die Straßen waren leergefegt, wenn „Simon Templer“ mit Roger Moore im Fernsehen lief. Wir lasen den Omas und Opas die Untertitel der Filme vor, denn ihre Augen waren schwach. Ich höre noch die Stimme meines Opas:
»Lest bitte weiter, ich gönne meinen Augen nur ein wenig Ruhe!«
Wir hörten aber die wahren Stimmen der Schauspieler. Wir waren trotzdem freie Geister und träumten von einer besseren Welt. Wir bestellten Paris Match, besaßen Burda-Muster und wir lasen viele, viele Bücher.

Wir kauften uns mit Dollar Whisky und italienische Sandalen im sogenannten Intershop. Auch das war machbar, denn wir hatten viele Freunde. Wir hatten auch immer Bananen, Mandarinen oder Fleisch, denn jeder kannte jeden. Es gab sie tatsächlich, die geheimen Geschäfte der Politik, mit allem was das Herz sich wünscht.
Mein Opa hatte immer gesagt:
„Du darfst nie vergessen, die Menschen sind wertvoller als Gold."
Wir schwänzten die Schule, rauchten, machten Autorennen auf den Boulevards, Dacia gegen Citroen. Wir zählten die Automarken, wie Buick, Trabant, Chevrolet, Corvette, Cadillac, vom Fenster aus und machten uns ein Spiel daraus. Wir liebten Filme, die Eltern, die Freunde, und rebellierten. Wir zogen keinen BH an und die Jungs trugen lange Schlaghosen. Wir durften nicht in das verderbliche Ausland. Vor dem Abi hörten wir in der Klasse „Night in White Satin", laut, sehr laut, und der Frust vom Lernen und so manchem Liebeskummer ging weiter. Wir studierten fleißig. Wir gehorchten, um einen besseren Status zu haben, einen besseren Platz in der Gesellschaft.
1989 war blutig, hässlich, angsterfüllt. Ich war aber schon längst in Saarbrücken, weit, weit weg von Bukarest.
Mit meiner Mutter am Telefon, so ein Telefon mit Wählscheibe, bei dem man stundenlang für eine Nummer brauchte und mein Mann sich die Finger blutig wählte, bis man die Verbindung bekam, hörte ich die Schüsse aus meiner alten Heimat.

„Versteck dich unterm Tisch!“, hörte ich mich schreien. Die großen, grässlichen Einschusslöcher waren auch ein Jahr danach noch sehr gut sichtbar und die Gefahr blieb.
Das unwahrscheinlich große Land Rumänien, strategisch hervorragend gelegen, reich an Bodenschätzen, Öl, Wäldern und Sehenswürdigkeiten, wurde verraten.
Wir sind immer noch in Bukarest, aber vor 1989.«
Der Professor macht ein Zeichen in der Luft mit der Hand und sagt:
»Könnt ihr noch folgen? Seid bitte weiterhin sehr aufmerksam. Sie ist sehr gefährlich und die allerbeste Nachkommin von Fee. Wie ihr seht, habe ich euch nicht zu viel versprochen, im Gegenteil. Wenn sie will, kann sie jederzeit verschwinden, sich praktisch in Luft auflösen. Puff!«
Der Professor macht wieder die gleiche Bewegung mit der Hand und das Mädchen fährt fort.
»Die „Oberen Zehntausend“, also die politische Führung, sagte uns, wie lange wir noch gehorchen mussten. Sie gaben den Ton an. Auf einmal, ohne Warnung, wurden keine verlockenden, schmutzigen, verbotenen, westlichen Filme mehr gezeigt. Keine Zeitschriften, kein Paris Match, keine Bücher aus dem Westen hielten wir mehr in unseren Händen. Die Kultur war am Ende.
Es durfte keiner mehr Liebesgedichte ohne „Hoch lebe die Partei!“ schreiben. Na gut, dann eben so. Man schrieb ein Liebesgedicht mit einem Touch Politik innerhalb des wichtigsten literarischen Kreises „Cercul

literar Kogălniceanu“ der Akademie. Und so war eines von vielen Gedichten für den 60. Geburtstag von Ceaușescu von mir. Es ist in einem Buch namens „Florile Darurilor“ zu finden. Es ist ein Unikat, nur einmal gedruckt, hochwertig, sehr hochwertig mit echter Goldschrift auf einer seltenen Papierart. Übersetzt ins Deutsche heißt das Buch „Die Blumen der Geschenke“. Das Buch ist entweder bei dem unbekannten Eigentümer selbst oder irgendwo anders. Ich habe die Spur leider verloren und nicht einmal Google konnte mir im Jahr 2016, weiterhelfen.
1981 wurde ich als unwürdiger jugendlicher Pionier am schwarzen Brett ausgehängt, obwohl ich schon längst im Ausland lebte. Na bitte, geht doch! Mein Bild war überall. Wir streben alle nach Anerkennung. Die hatte ich damit bekommen. Meine mutige Mama bot ihnen die Stirn und sagte:
»Wenn ihr dieses verleumderische Plakat bis morgen nicht runtergenommen habt, dann habe ich viel zu erzählen.«
Es war eindeutig. Am nächsten Tag war nichts mehr da.
»Entweder du bist still und machst den Mund nicht mehr auf, oder du landest im Gefängnis.«, sagte der Chef der Politischen Partei zu mir als ich noch im Land war.
Seine stufigen Augenbrauen werde ich nie vergessen. Sie waren groß, sehr stufig, haarig, Angst einflößend. Ich möchte seinen Namen nicht erwähnen, denn ich will ihn nicht verewigen. Als mein Vater noch lebte, hatte er gekuscht.
Nur drei Tagen nach seinem Tod sagte der Parteichef zu

mir:
»Jetzt lebt dein Vater nicht mehr. Er kann dich nicht mehr beschützen.«
Ich konnte nicht auf die Worte meines Großvaters hören:
„Den gesenkten Kopf kann der Säbel nicht schneiden.“
Ich war ein Rebell, und ich bin ein Gedankenrebell geblieben.«
»Hört ihr, wie sie detailgetreu alles erzählt, als wäre sie selbst ihre Großmutter? Spüren Sie diese geballte Gedankenkraft der Generationen?«
Ohne auf eine Antwort zu warten, sagte der Professor:
»Sie spricht weiter. Ruhe bitte!«
Er macht immer wieder die gleiche Handbewegung in der Luft. Das Mädchen spricht:
»Wir hatten kein Fernsehprogramm wie im Westen. Nur an Ostern bekamen wir ein Extrabonbon. Es wurden uns Konzerte von den Beatles und ABBA im Fernsehen gezeigt, damit kein Jugendlicher zur Kirche geht. Das war ein Wunder und keiner wollte nicht einmal einen winzigen Augenblick davon verpassen. Sie dachten, dass ihr Vorhaben geglückt war, aber alle waren um 12 Uhr in der Kirche. Die Menschen haben sich gesammelt, gebetet und die Straßen in ein Meer aus Lichtern verwandelt. Obwohl eigentlich keiner durfte, waren alle dabei.
Wir waren freie Geister und träumten von einer besseren Welt. Die Gedanken sind frei! Die Gedanken konnte keiner stoppen. Manipuliert waren wir immer. Ob auch mit unseren Genen experimentiert wurde, wer weiß es? Ich könnte es euch sagen, aber ihr müsst es

selbst erkennen.«
Plötzlich fängt der Professor unruhig an zu sprechen: »Seht ihr, Mara, beziehungsweise Fee, spricht schon über die Gene und die Manipulation der damaligen Zeit! Hört weiter aufmerksam zu! Ihre Synapsen sind gekoppelt und stärker als nie zuvor! Man weiß nie, was die Beiden uns noch preisgeben. Jetzt geht es weiter!«
»Ich konnte meine Fluchtgedanken sehr gut verstecken und nur mit wenigen, den Auserwählten, habe ich mein Vorhaben geteilt. Bevor ich die Flucht in den Westen antrat, wusste ich schon bei der Verabschiedung genau, dass ich nach sieben Jahren Oma und Opa nicht mehr lebend wiedertreffen werde. Deswegen küsste ich sie auf die Füße, die Hände, die Wangen, die Stirn, die Augen und den Mund. Bevor sie von uns gingen sagte ich in Gedanken Danke für alles aus einem anderen entfernten Land. Sie starben mit meinem Namen auf den Lippen, mit der Sehnsucht im Herzen, und verwechselten mein Kind mit mir selbst. Sie schauen bestimmt von oben und sind glücklich, wenn ich glücklich bin. Diese Gedanken helfen uns, trösten uns über enorme Verluste hinweg.
Man hat Angst verhaftet zu werden. Man hat Angst, kein Recht zu bekommen, obwohl jeder seine Rechte perfekt kennt. Man will nicht weg. Man muss weggehen. Man wird von den politischen Verantwortlichen dazu gezwungen, die Familie, das eigene Land und die alten Gefühle zurückzulassen. Denn man hat ihnen geglaubt, dass sie alles gut machen. Man ist allein im Dunkeln, auch bei Tageslicht. Man weiß nichts, gar nichts über die

Zukunft. Die Zukunft in einem fremden Land.
Alles ist ungewiss. Alles ist fremd, alle sind fremd. Du bist ohne Geld ganz allein auf dich gestellt. Die neunzig Pfennige in meiner Tasche reichten nicht einmal für die Toilette auf dem Münchner Bahnhof. Meine Freundin, die jetzt in der Schweiz wohnt, hatte mir diese neun Pfennige noch schnell in die Hand gedrückt, als der Zug gerade begann, anzufahren.
Die Polizisten am Bahnhof in München halfen mir. Früher, in den 80er Jahren, war das so. Du wusstest genau, dass du sieben Jahre lang nicht mehr die Familie, Kinder, Frau, Bruder, Eltern, Großeltern, Freunde, praktisch alle, sehen wirst. Du darfst dich nur in der Stadt aufhalten, in der du angemeldet bist. Im Lieblingslied meiner Mutter heißt es „Über sieben Brücken musst du gehen, sieben dunkle Jahre überstehen." Das sollte unsere Sehnsuchtshymne sein. Du weißt, dass die Mutter einen zusätzlichen Teller mit Essen für jeden Fremden und jeden Freund hinstellt und sagt:
»Ich hoffe, dass mein Kind auch jemanden trifft, der ihr einen Teller mit Essen gibt!«
Ihre Tränen kullerten und die Sehnsucht fraß sie auf, aber am Telefon sagte sie mit weicher, warmer, ganz lieber Stimme:
»Mein Schatz, ich liebe dich! Ich vermisse dich ungemein. Komm wieder nach Hause! Ich kaufe dir, was du möchtest, sogar auch deinen Lieblingspelzmantel. Sie wollen dir die Leitung des Geheimbüros übergeben.«
Ich antwortete nur mit Tränen in den Augen:

»Mama, ich liebe dich! Aber ich komme nicht zurück.« Und die Tränen kullerten, ohne dass ich sie hätte aufhalten können.
Du weinst, ohne Laute von dir zu geben. Du weißt genau, dass du leiden wirst, du weißt genau, dass du kämpfen wirst, und du weißt genau, dass das dein Leidensweg sein wird. Und trotzdem tun wir es.
Weil wir nach Gerechtigkeit, Gedankenfreiheit streben, nach Gedankengut Aufbewahrung, Frieden in uns selbst und in der Welt. Wir haben immer geglaubt und wir werden immer daran festhalten.
Gott sei Dank habe ich später mein höchstes Glück, meinen Mann, in dem neuen Land gefunden. Durch seine Augen sehe ich das Fenster zum Himmel. Diese Augen sind gut, liebevoll, beschützend, versprühen Geborgenheit.
Der liebe Gott hat uns den freien Willen gelassen. Wenn er immer an uns denkt, warum sollten wir nicht an uns denken, an uns glauben, und an unsere Kinder Güte, Liebe, Geborgenheit, Glauben und Mitgefühl weitergeben? Glück kann man nicht kaufen und deswegen wünschen wir den Kindern das beste Glück der Welt!«
Das Mädchen spricht schnell aber deutlich. Ihre Augen sind rot angelaufen. Man merkt ihr die Anstrengung an. Sie sitzt aber weiter tapfer auf dem Stuhl und rührt sich nicht. Nur ihre Lippen bewegen sich weiter.
»Ja, Oma, ich erzähle selbstverständlich weiter! Ich weiß Oma! Es ist in unserer aller Interesse! Genauso! Ich weiß, was ich tue! Sorge dich nicht!«
»Habe ich Ihnen nicht gesagt, wie stark Sie ist? Jetzt

sehen Sie es mit Ihren eigenen Augen. Sie unterhalten sich per Gedanken und lassen uns das auch sehen und hören! Faszinierend!«
Der Professor ist sichtlich stolz. Die anderen Wissenschaftler sitzen da mit großen, erstaunten Augen und geben kein Wort von sich, genauso wie es der Professor wollte. Aber sie rutschen auf den Stühlen hin und her, kratzen sich im Gesicht oder fixieren das Mädchen ohne zu blinzeln. Sie haben eindeutig Angst.
Der Professor macht seine gewohnte Bewegung und das Mädchen spricht weiter.
»Überall sind politische Flüchtlinge. Es gibt aber auch Wirtschaftsflüchtlinge. Die Habgier der ganzen Welt hat diese Menschen in die Hungersnot und Unterernährung getrieben, sie zur Verzweiflung und zum Verdursten gebracht. Wir sind nur eine Nummer, genau wie früher in der Schule. Sie gewöhnen uns langsam aber sicher an ihre Führung.
Wenn eine Katastrophe eintritt, wird sie einfach mit einer anderen Nachricht weggewischt, die noch mehr Angst macht und die Gedanken besetzt.
Wir sind nicht alleine. Wir können unser Gedankengut sammeln und an den Gedankentransporter weitergeben. Wir müssen kommunizieren, uns austauschen, denken, sprechen und wieder denken.
Wir machen einen Quantensprung von den 80er und 90er Jahren in die Jahre 2013 und 2014.
Korruption im Osten und im Westen. Korruption in der Politik, Korruption in der Wirtschaft, Korruption im Land.
Überall ist es gleich.

Wer bezahlt die Zeche? Wir, nur wir bezahlen, das Volk, vom Straßenfeger über die Polizistin bis hin zu den Angestellten. Wir sind diejenigen, die alles bezahlen. Für uns gibt es kein Entkommen.
Die Manager kassieren weiter für nichts. Hoffentlich können die Politiker weiterhin den Frieden auf der ganzen Welt aufrechterhalten. Im Gegensatz zu den Managern wird eine einfache Frau beim kleinsten Fehler entlassen. Eine Herzklappe entsteht im Labor oder sogar ein ganzes Organ im 3D-Drucker.
Nachrichten:
„Forschern ist es gelungen, mit einer Biotinte funktionsfähiges Lebergewebe zu drucken."
Dieser kleine Erfolg soll nur der Anfang sein.
Das ist die Zukunft.
Die Rumänen sind ein stolzes Volk. Gläubig, abergläubisch, mit vielen Heiligen und starkem Willen. Sie sind fleißig, intelligent und ihre Namen sind in der Welt kaum bekannt. Der Entdecker des Füllfederhalters war beispielsweise ein Rumäne. Er hieß Petrache Poenaru und hat das Patent im Mai 1827 in Frankreich angemeldet.
Oder was ist mit Dr. Stefan Odobleja? Er war der Vater der Kybernetik, und wo wäre Herr Bill Gates heute ohne ihn?
Und noch ein Beispiel. Wer hat das Insulin entdeckt? Genau, ein Rumäne, und zwar Herr Nicolae Păulescu. Diese Informationen findet man nicht nur in den Büchern, sondern auch ganz einfach im Internet. Das sind elektronische Gedanken! Sie kann man abrufen! Meine Gedanken nicht, denn ich kann sie verstecken,

oder mit den euren mischen oder ändern. So wie ich bin, sind nicht viele.
Es gibt unzählige Beispiele an solchen Wissenschaftlern, Dichtern und Schriftstellern. Jetzt verstehen Sie bestimmt, warum das Volk so stolz ist.
Wir schreiben das Jahr 2014. Ein Jahr voller Gegensätze. Die früheren kommunistischen Länder sind beinahe genauso wie die westlichen. Einfach gesagt, es ist wie immer, nur anders. Alt gegen Jung, Jung gegen Alt, Arme gegen noch Ärmere, Reich gegen alle anderen, denn sie müssen ihre Schätze halten. Geld und wieder Geld, Gier nach Schlössern, Monarchien, Grundstücken, Feldern, Wäldern, Villen, Häusern, Autos, Schiffen, Positionen, Funktionen, Macht, und Kampf um neue Länder, Öl, Bodenschätze und einfach nur um das Sagen von oben nach unten und von unten nach noch weiter unten zu behalten.
Gesetze und noch mehr Gesetze, die uns vorschreiben, was wir zu tun und zu lassen haben. Es gibt ein rumänisches Sprichwort:
„Du sollst machen, was der Priester sagt, du sollst nicht machen, was der Priester macht." Genau dasselbe gilt auch für die Parteimitglieder.
Sie sagen:
»Das Volk muss sparen. Sie sollen elektrische Autos fahren!«
Es tut nichts zur Sache, dass die Politiker luxuriöse Limousinen mit eigenen Chauffeuren haben.
Wir schreiben das Jahr 2014. Die Familienministerin verabschiedet Gesetze, die den Müttern die Erde unter den Füßen wegziehen, und macht aus Deutschland ein

Männerland. Die Frau Ministerin bekommt danach eine andere Stelle außerhalb der Politik, bei einer Stiftung. Europa hat super angefangen. Und jetzt? Wir sollen uns hier in Deutschland dem niedrigeren Niveau anderer Länder anpassen, nicht umgekehrt.
Die Reichen wollen reicher werden. Im Fernsehen sehen wir doch, wie schön Reichtum ist. Sie zeigen uns die Luxushäuser, Jachten, Goldschmuck, Platin, Diamanten, glänzende Diamanten und Luxusautos. Im Kommunismus haben sich die Menschen genau die entgegengesetzten Sorgen gemacht. Sie hatten Geld, aber keine Ware. Im Kapitalismus sehen die Menschen den Reichtum auf den Straßen, aber sie haben kaum Geld um sich diesen Reichtum zu leisten.
Es gibt zu viele Minister, Landtagsabgeordnete, Parteivertreter.
Das Beamtengesetz ist veraltet und nicht mehr zeitgemäß. Wir sind Sklaven der Gesetze, der Willkür der Richter und der bürokratischen Schlupflöcher. Aber nur diejenigen, die Macht besitzen, haben das Gesetz in der Hand.
Wir waren und sind Sklaven unserer Gedanken. Wir dachten und denken an Familie, Kinder, aktuelle Probleme und an die Arbeit.
Wir können nicht frei wählen, wo wir geboren werden. Wir können nicht frei sagen, was wir meinen. Wir können uns nicht fallen lassen und sagen, wir sind zu Hause, denn wir müssen immer für einen Spagat bereit sein.
Ein Spagat zwischen Familien, ein Spagat zwischen Bundesländern und Familien und Kindern, ein Spagat

zwischen Familien, Kindern, Bundesländern und Ländern.
Wir können sowieso nicht überall gleichzeitig sein, leben und Geschäfte machen.
Die Flüchtlinge leben Wand an Wand mit armen Deutschen. In der Nähe der Reichen? Nein.
Sie schimpfen und streiten miteinander und nicht mit den „Oberen", die die Gesetze machen.
Die Flüchtlinge erleben Kriege. Sie haben Durst, sie haben Durst, sie haben nichts zu trinken. Sie haben Angst, sie haben Hunger. Die Reichen in ihrem eigenen Land lassen sie verdursten und verhungern.
Dieser Nonsens und diese Widersprüche müssen aufhören.
Wir schreiben schon das 21. Jahrhundert.
Wo bleiben unsere Jugendlichen, unsere Kinder? Dürfen wir denken? Und wenn wir etwas sagen, werden wir angehört? Wenn wir über unsere Rechte sprechen, sind wir dann Populisten? Wird sich etwas ändern? Dürfen wir unseren Kindern helfen?
Sie bekommen keine Dauerverträge. Sie bekommen nur Zeitverträge. Sie bilden keine Familien mehr. Sie kaufen keine Häuser mehr, sie machen auch keine Babys mehr. Wo sind unsere Kinder, wo sind unsere Babys?
Wir machen Gesetze gegen die Kinder, wir hören sie nicht an, wir hören ihnen nicht zu. Wir hören den Müttern nicht zu. Sie kämpfen, sie sprechen, sie weinen, sie schreien. Wir sind auf den Ohren taub.
Es gibt zu viele ungerechte Fälle, zu viel Freiheit für die Gutachter und Richter. Es gibt zu viele

Schlupflöcher.«
Jetzt tritt eine Pause ein und alle schauen sich fragend an. Das hören sie nicht:
»Mara, bleib stark! Es ist eine Ausnahme, dass du meine Gedanken laut weitergeben darfst.«
»Aber ja, Oma! Ich weiß das, ja logo.«, antwortet Mara überzeugt.
»Wenn die Zwei sich unterhalten, halten sie uns manchmal außen vor. Ihr erlebt wie stark die Gedanken transporter sind. Höchst Interessant, jetzt geht es weiter.«, spricht der Professor wie hypnotisiert.
»Die Mittelschicht und die ganz Armen haben keine Chance, zu entkommen, sie haben kein Schlupfloch, keine Oase. Sie sind immer noch Sklaven des 19. und 20. Jahrhunderts und werden es auch bleiben.
Wo sind unsere Renten? Die Politiker vergessen, dass das Volk der Auftraggeber ist.«
»Hier muss ich wieder etwas sagen.«
Der Professor steht auf und wie ein Redner am Pult fängt er an zu sprechen.
»Jetzt sehen Sie selbst, was für eine starke Persönlichkeit mit noch stärkeren Gedanken sie war, also die Oma, meine Herren, die Oma. Können Sie ihr noch folgen? Ich meine, können Sie der Rede des Mädchens beziehungsweise der Oma noch folgen? Diese geballte Gedankenenergie.«
Der Professor setzt sich und ist von seiner Aussage überzeugt.
»Herr Professor, sie ist sehr…«, möchte ein Wissenschaftler ergänzen, aber der Professor unterbricht ihn.

»Meine Herren, ich habe Sie etwas gebeten. Bitte halten Sie sich daran. Seien Sie einfach nur still und aufmerksam.«
Keiner traut sich mehr, etwas zu sagen.
Das Mädchen fängt wieder zu sprechen an.
»Also, wenn ich ein Resümee mache oder eine Parallele ziehe, wie es früher war und wie es jetzt ist, will ich mal meinen, dass wir die gleichen Sklaven unserer selbst und der Gesellschaft sind. Es ändern sich nur die Aussagen der „Oberen".
Wir weinen, wir lachen, wir freuen uns, wir lügen, wir lieben, wir täuschen, wir schreien, wir arbeiten, wir schlafen, wir träumen, wir trinken, wir schimpfen von oben nach unten.
Nur die Welt ist anders.
Wir erfinden Zahlplastikkarten, wir erfinden Punkteplastikkarten, wir erfinden Eintrittsplastikkarten, wir erfinden Codes, Computernamen, Spiele mit Codezugang, das Kaufen mit Codes, das Sein mit Codes. Wir sind die Codes. Wir sind durchsichtig, wir sind keine Plastikkartenmenschen, wir sind Sklaven der Plastikkartencodes.
Wir erfinden weiter und weiter, bis Science-Fiction-Filme Wirklichkeit werden. Autos fahren alleine, Roboter bedienen uns im Haushalt und ersetzen uns im Betrieb. Es dauert nicht mehr lange bis wir uns beamen können. Stimmt's Mara? Nur die Gedanken sind gefährlicher als alles andere auf dieser Welt. Ihr könnt sie nicht sehen und auch nicht stoppen.
Die Mörder und Vergewaltiger kommen frei oder die Anklage verjährt.

Sie sehen, wir sind die Sklaven der Gesetze.
Wie wäre es, wenn wir realitätsbewusst bleiben und trotzdem Platz für das Unerklärliche lassen.
Mediziner machen es!«
Das Mädchen macht eine kurze Pause und schaut in die Männerrunde, so als ob sie sich ihre Formen, wie auf einer Festplatte, speichert.
Einer der Anwesenden fragt aufgeregt:
»Sollen wir das auch so machen oder was? Wir lassen doch Platz für das Unerklärliche. Das Mädchen ist doch der Beweis dafür!«
»Pssst! Habe ich nicht um Ruhe gebeten? Erst zum Schluss werden Sie begreifen, wie gefährlich sie ist.«, antwortet der Professor mit einer grimmigen Miene.
Das Mädchen schließt die Augen, bis wieder Ruhe im Raum einkehrt. Sie öffnet sie wieder und spricht weiter.
»Wie wäre es, wenn wir alle einen Euro bezahlen und unser eigenes Land von Schulden befreien?
Wie wäre es, wenn wir alle in die Pensionskassen einbezahlen?!
Wie wäre es, wenn wir den alleinerziehenden Frauen und den jungen Familien feste Stellen anbieten?
Wie wäre es, Respekt und Ethik wieder überall einzuführen?
Die Zukunft wartet nicht.
Wo sind unsere Babys, unsere Kinder, unsere Zukunft?
Wie wäre es, wenn wir sie ernstnehmen? Die guten Psychologen empfehlen das.
Begabten Kindern darf es nicht schwergemacht werden, weder von Seiten der Lehrer noch der Gesellschaft. Wir müssen sie leicht und unbürokratisch unterstützen und

ohne, dass ihre Familie Geld ausgeben musst, denn aus ihnen erwächst eine besondere Zukunft.
Wir dürfen nicht mehr Sklaven der Gesetze und der einzelnen Menschenlaunen sein.
Die Menschen machen die Gesetze. Also lasst uns Mensch sein.
Sie können sagen, dass was ich gesagt habe, ist nichts anderes als Propaganda.
Die Wahrheit ist immer schwer zu ertragen und wird im Populismus wortwörtlich umgewandelt.
Die Zeit tickt: ticktack, ticktack, ticktack, ticktack. Die verschiedenen Gene vermischen sich und werden stärker. Die Gedanken werden stärker. Ich weiß von was ich spreche.«
Plötzlich redet das Mädchen nicht mehr über Politik, sondern sie spricht zu ihrer Uroma:
»Es tut mir so leid, Oma. Ich kann aber nicht anders. Ich kann deine Gedanken nicht aussortieren und in deren Gedanken kann ich auch nicht richtig eindringen. Der Professor hat seinen schlauen Kugelschreiber dabei. Beim nächsten Mal lehrst du mich vielleicht, auszuweichen. O.K., verstanden.«, sie lächelt geheimnisvoll und unterhält sich weiter mit Oma.
»Ich hoffe, dass sie unsere Blitzgedanken nicht fassen konnten. Zumindest bis die Mutanten auf der Larah-Nova-Kugel landen und dich erreichen. Deine Gedanken können sie sowieso nicht fassen. Du aber ihre. Das wird ein Spaß! Sie kommen sowieso umsonst. Stimmt‘s Oma? Ja, so mach ich’s.«
Das Licht an dem dursichtigen Helm flackert ein wenig.

»Das war eine längere Pause in der wir nichts hören konnten, aber keine Bange, es gibt keinen Grund, nicht weiter zuzuhören und zuzuschauen.«
Der Professor klingt etwas aufgeregt, denn er kann sich selbst auch nicht erklären, was gerade los war.
»Wir können weiterhin nichts mehr hören. Sie sagt auch nichts mehr. Aber bestimmt bald. Jaaa, jetzt.«
Das Mädchen erzählt weiter, beinahe wie ein Roboter.
»Lasst uns zusammen denken. Versteht ihr mich?
Die Menschlichkeit ist kein Sklave, denn die Gefühle sind frei und sie machen uns aus.
Lasst uns eine bessere Welt weiter zusammen aufbauen.
Alt, mit wertvoller Lebenserfahrung, denn das kann man nur in der Lebensschule lernen, zusammen mit Jung, zielstrebig, neugierig und mutig, das Leben auf der Erde und später im Universum zu gestalten. Das ist meine Vision. Die Menschen, sie sind die Zukunft.
Wir haben es verdient eine neue Welt zu bauen.
Es ist Zeit für uns Menschen mit den Gedankentransportern gemeinsam eine bessere Welt zu gestalten. Es ist gut so, dass wir so verschieden sind, ob gelb oder schwarz, rot, groß, klein, dick, intelligent oder einfach.
Wir sind alle wertvoll.
Ich habe mich getraut, die Wahrheit durch meine Gedanken allen Denker dieser Welt zu zeigen.
Meine erlebten Erzählungen sind interessant, furchterregend, traurig und witzig zugleich.
Mich findet ihr überall. Ich bin in Kneipen, Wohnungen, Büros, Fabriken und auf dem politischen Parkett. Ich bin auch umgekehrt, von innen nach außen.

Wir sind gefangen in unsichtbaren Ketten der Gedanken. Wir müssen uns befreien.
Egal in welchem Jahrzehnt meine Gedanken gehört werden, ihr müsst die Genies herausfinden. Sie erkennen sich auch gegenseitig. Bis bald, meine Denker und Gedankentransporter!«
Das Mädchen senkt den Kopf und die Lichter an dem Glashelm gehen aus. Die Laute der Gedanken sind verschwunden. Die Sterne verschwinden. Das Mädchen bleibt weiter steif auf dem Stuhl sitzen, mit beiden Oberschenkeln fest zusammengepresst und geballten Händen. Sie hebt wieder ihren Kopf und man sieht in ihren tiefbraunen Augen das Universum, weit und unergründet.
Der Professor, der in seinem weißen Kittel am Tischende sitzt, macht in der Luft eine Handbewegung und das Bild des Mädchens bleibt in der Luft stehen wie eingefroren.
»Und? Habe ich euch zu viel versprochen? Sie ist hochintelligent und deshalb eine Gefahr. Nur weil sie es will, ist sie noch hier und nicht, weil ich ihr ein Zeichen gebe. Sie hat von ihrer Uroma nicht nur einen Teil des Erbguts erhalten, sondern auch die Fähigkeit, Gedanken zu manipulieren. Wie gut, dass wir diese Technologie für die Denker von heute haben. Wie gut, dass ich diesen Kugelschreiber entwickelt habe, der uns jetzt beschützen kann. Sie könnte ohne den Kugelschreiber unsere Gedanken manipulieren. Es könnte aber auch sein, dass sie ihn schon längst umgehen kann. Wir wissen es nicht. Sie müssen bedenken, dass wir nur mit dieser Technologie ersehen, vorausahnen und

berechnen können, wenn jemand in seinem Kopf und in seinen Gedanken vorhat, etwas Böses zu tun. Das Programm, das wir haben, heißt „SPIRIT GO“. Wir können, wie in diesem Fall, die Gene der Urgroßmutter, die sie ihrer Urenkelin weitergegeben hat, analysieren. Ihr Verstand, Geist und Spirit zeigen uns alles, was die Großmutter gedacht und getan hat, oder was sie an die Enkelin weitergeleitet hat. Somit können wir berechnen, was die Urenkelin selbst noch tun wird. Sie ist das Musterbeispiel für die jetzige Zukunft. Unser Programm „SPIRIT GO“ könnte die neue Genkomposition auffangen und darstellen. Es zeigt an, was das Kind alles machen kann, wie etwa sogar unsichtbar werden.«

Ein erstauntes Raunen ging durch den Raum. Der Professor spricht weiter.

»Das Wissen kann sich durch Materie und Geist, also durch Gedanken, übertragen. Wir schreiben erst das Jahr 3030. Stellen Sie sich mal vor, was wir alleine in hundert Jahren alles ersehen und berechnen können, wenn wir den Spirit, die Gedanken beherrschen.«

Die anderen neun Weißkittelmenschen sind für einen Moment stumm. Ein paar Sekunden vergehen, dann bricht unter den Mitgliedern dieser Forschungsgruppe frenetischer Jubel los.

Sie applaudieren und stampfen mit den Füßen auf den Boden.

Der Professor lächelt zufrieden und sagt nur:

»Endlich kann ich von der wissenschaftlichen Weltordnung und Forschungsgemeinschaft die entsprechende Anerkennung verlangen und bekommen,

und…«
Er steht nun auf.
»…und ich erwarte freie Hand für meine Handlungen auf diesem Gebiet. Nur so können wir alle freien Denker verfolgen und festnehmen, bevor sie wissen, dass sie selbst über eine Sache nachdenken, und mir so die Probanden für meine Zwecke zur Verfügung stellen. Wir brauchen schon längst keine Gesicht Erkennung mehr. Indem wir die Denker analysieren, wird es uns möglich sein, die Menschen, Mutanten und Roboter, die Böses denken, festzunehmen. Wir müssen die Fee unbedingt für uns gewinnen.«
In dem hellen, mit tausend Lichtern ausgestatteten Raum ist es völlig still.
Der Raum sieht aus wie eine Zauberkugel. Zwei große, in weiß gekleidete Wächter kommen rein, gehen direkt auf den Professor zu und halten ihn von links und rechts an den Armen fest. Einer der beiden, mit dichtem schwarzem Bart, spricht beruhigend auf den Professor ein.
»Herr Professor, Sie müssen ihre Medizin nehmen. Kommen Sie mit. Es gibt kein Entkommen. Es ist Zeit.«
Es ist so still, dass man eine Nadel fallen hören könnte. Der Mann, der ein rotes Dossier in seinen Händen hält, bricht die bedrückende Ruhe und sagt:
»Ich glaube, dass wir Menschen, und zwar alle, ohne Ausnahme, besonders sind. Nur, dass die verrücktesten Menschen Genies sind! Es heißt, dass wir, die Genies, benutzt werden zu Gunsten der Menschheit. Die Gefahr besteht darin, dass wir uns selbst schon lange

vernichten. Und es gibt praktisch und wissenschaftlich keine Entschuldigung dafür!
Dieses Programm ist das ENDE der Menschheit, wenn es in die falschen Hände gerät. Auch unsere eigenen Spirits, die Gedanken, sind in Gefahr! Leben wir, wenn wir träumen? Und träumen wir, wenn wir leben? Dieses Geheimnis müssen wir in Angriff nehmen in den nächsten Jahrhunderten. Auch wenn sie uns für verrückt halten, müssen wir in Zukunft aufmerksamer sein und uns am besten nur über die Gedanken austauschen.«
Der Professor hört aufmerksam zu und sagt:
»Meine Freunde, passen Sie am meisten auf die Fee, Mara und ihre Familie auf. Sie sind am gefährlichsten. Ihr solltet nicht immer glauben, was sie sagen! Es kann sein, dass die Gedankentransporter und Maras Familie uns in die Irre führen wollen. Alles ist nicht so einfach, glaubt mir. Passen sie gut auf sich auf! Gewinnen sie Fee für unser Programm. Seien sie schlauer als die Mutanten.«
Der Professor folgt still und verlässt ohne Protest den Raum in Begleitung der beiden Männer.
Die Tür geht wieder auf und für jeden Weißkittel kommen zwei Wächter rein.
»So, jetzt ist Schluss, Ende. Kommen Sie alle bitte mit, die Medizin wartet nicht. Nur dadurch verraten Sie uns alles.«
»Aber meine Herren, Sie müssten auf unserer Seite sein und nicht auf der Seite dieser Roboter, dieser Halbmenschen.«, ruft der Professor vom Flur aus.
»Passen Sie auf sich auf! Mein Kugelschreiber kann euch nicht mehr beschützen. Passt auf eure Gedanken

auf, meine Freunde!«, ruft er mit letzter Kraft den Wissenschaftlern zu.
Dann wird er genau wie die anderen Wissenschaftler verschleppt.
Ein schwarz angezogener Wächter, groß, haarig und angsteinflößend, der alleine reingekommen war und sich roboterartig bewegte, scheint der Boss zu sein. Er hebt seine rechte Hand ans Ohr, drückt darauf und hört zu. Eine Stimme sagt:
»Wir haben alles gesehen und gehört. Sie haben das gut organisiert. Es war klug, den Kopf als erstes zu entfernen. Wir sind zufrieden. Jetzt kann das Ende der Menschheit beginnen. Bringen Sie alle in die jeweiligen Labore. Aber das Wichtigste ist das Mädchen. Bringt sie sofort zu mir auf den zweiten Kugel-Planeten, auf Larah-Nova. Vielleicht schaffen wir es dann, die Gedanken unserer besten Telepathin, unserer Fee, zu manipulieren. Ich habe mitbekommen, dass das Mädchen ihrer Großmutter nichts abschlagen kann. Es wäre großartig, wenn wir die perfekte Maschine, die Gedankensammler, manipulieren könnten!«
Der Wächterboss, ein Halbmensch, antwortet:
»So wird es gemacht.«
Das Mädchen sitzt immer noch steif auf ihrem Stuhl und beobachtet alles haargenau, ohne zu intervenieren. Als alle Wesen den Raum verlassen haben und nur der Boss alleine zurückbleibt, steht sie auf, lächelt zum ersten Mal ein wenig in seine Richtung und wird unsichtbar, dank den geerbten Zusatzgenen von ihrer Urgroßmutter.
»Das Erbgut der Menschheit ist verschwunden!«, ruft

der Boss entsetzt. Er läuft hin und her, wie aufgescheucht. Er greift in die Luft in der Hoffnung noch ein Staubkörnchen von einer Zelle zu bekommen. Alles umsonst.
»Die Moleküle haben sich wie von Zauberhand aufgelöst.«, ruft er weiter in Panik.
»Die Menschenrasse ist gerettet!«, schreit der letzte Wissenschaftler aus vollem Hals, denn er hat dieses Spektakel gerade noch durch den Türspalt mitangesehen.
In dem schneeweißen futuristischen, überdimensionalen Versuchslabor hört man, wie eine durchdringende Stimme aus allen Wänden dringt.
»Habt eure Kinder lieb!«
Nach einer kurzen Pause hört man wieder die gleiche Stimme:
»Sie sind die Zukunft.«
Durchdringend und ohne Unterlass.
»Habt eure Kinder lieb! Sie sind die Zukunft.«
»Ich kann das Mädchen telepathisch empfangen.«, antwortet Fee allen Telepathen.
»Diese neu entwickelte Spezies von Wissenschaftlern kann nicht an meine hochgesicherte Gedankensammlerformel rankommen. Ich werde sie noch ein wenig hoffen lassen und danach werde ich sie mithilfe meiner Gedankenenergien auf dem dunklen Planeten wegjagen.«, beruhigt Fee die Denker.
Fee, die einzige Frau mit weit über den Menschenverstand fortgeschrittenen telepathischen Fähigkeiten, lächelt zufrieden. Sie ist die Basis für alle Gedankentransporter im Universum.

»Ja, ich kümmere mich um sie. Sie ist wie mein eigenes Kind. Sie ist doch meine Enkelin. Sie ist meine Enkelin Mara. Sie hat genau das, was ich wollte erzählt und nur das. Ihre Fähigkeiten sind schon so groß, dass unsere Energiegedanken mittlerweile verschmelzen können.«
Alle Gedankentransporter hören die Antwort von Fee und jubeln lautstark, sodass alle anderen Wesen, ohne so große Gedankenfähigkeiten, die Schwingungen wie einen Orkan empfangen.
Alle, die keine Denker sind, müssen sich die Ohren zuhalten, denn für sie fühlt es sich an, als würde ihr Gehirn in tausend Stücke zerspringen.
»Willkommen in meiner Zukunft!«, hört man, wie die Denkerin ihre Erfahrung an alle verteilt.
»Meine Familie und ich heißen alle neuen Gedankentransporter willkommen!«

Kapitel II

Draculas Urenkel
(Wir sind überall)

Arthur Schopenhauer

Man lasse den guten Gedanken nur den Plan frei: sie werden kommen.

(1788 - 1860), deutscher Philosoph

Quelle: Schopenhauer, Parerga und Paralipomena (2 Bände), 1851. Zweiter Band. Kapitel 3. Den Intellekt überhaupt und in jeder Beziehung betreffende Gedanken

»Buh! Hast du dich erschreckt?«, fragt der kleine Draculi.
»Nein, klar nicht!«, antwortet Delphine.
»Hast du wirklich gedacht, dass du mich erschrecken kannst? Buh! Ha, ha, ha, ich kann dich zurück erschrecken, siehst du?«, ruft Delphine laut und krümmt sich vor lauter Lachen.
Der lange Flur in der Schule ist leer und gibt ein unheimliches Echo von sich. Alle Kinder wurden schon von ihren Eltern oder Großeltern abgeholt, und alle Lehrer haben sich schon in das Lehrerzimmer zurückgezogen.
»Wo hast du gesteckt? Warum bist nicht früher zu mir gekommen?«, fragt Delphine erwartungsvoll.
»Na ja, bis du von mir erfahren hast, hat es etwas gedauert, wie man sieht.«, antwortet Draculi.
»Ich zeige mich auch nicht jedem Kind, nur den wenigen, die meine Hilfe ganz schnell und dringend brauchen. Und auch den Kindern, die lieb sind, so wie du. Andere Kinder schicken mich nach draußen, und du weißt, was passiert, oder nicht?«
»Sicher weiß ich es. Du kannst nicht im Tageslicht überleben, stimmt's?«, antwortet Delphine stolz.
»Buh, buh! Du bist so süß, wie du dich erschreckst.«, sagt Delphine weiter sichtlich amüsiert.
Draculi erschreckt sich tatsächlich und macht ein paar Schritte zurück. Sein blasses Gesicht ist noch blasser geworden. Seine tiefen schwarzen Augen sind noch tiefer geworden, und sein schwarzer Mantel umhüllt ihn wie ein Sack. Er befreit sich, indem er seine Arme hochhebt, und er sagt etwas verwundert:

»Sag mal, Delphine, du bist aber ganz schön mutig! Ich dagegen habe mich tatsächlich erschreckt! Stell dir mal vor, mein Vater oder mein Ururgroßvater Dracula wüssten das! Auweia, sie würden sagen, dass ich ein Angsthase sei. Gerade ich, Draculi, der Urahn von Vlad Țepeș, überall bekannt als Vlad Dracul, oder ganz einfach als Dracula! Weißt du, ursprünglich kommen wir aus Transsilvanien, aber wir sind überall. Oh nein, die anderen Urenkel würden mich auslachen und mich ärgern. Hilfe, Delphine!«
»Was? Was ist, Draculi? Ich soll dir helfen? Du müsstest mir helfen. Das ist eine Tatsache. Das ist halt so. Normalerweise haben alle Angst vor dir, und du lässt dich von mir erschrecken? Du bist uralt und stammst vom Adel ab. Ich brauche dich. Du kannst überall hinfliegen, wohin du möchtest. Ich dagegen bin hier gefangen.«, schmollt sie.
»Ach, das war aber nur Show, Delphine.«, antwortet Draculi und macht mit der Hand eine Bewegung nach unten.
Er will damit sagen, dass diese Täuschung, also so zu tun, als ob man sich erschreckt hätte, nur ein schlauer Draculi machen kann.
»Ja, ja, nur Show. Du hättest dich im Spiegel sehen sollen. Ach, Entschuldigung, Draculi. Ich habe vergessen, dass du dich im Spiegel gar nicht sehen kannst.«
Delphine streichelt seine pechschwarzen Haare.
»Du kannst mich weiter streicheln, das gefällt mir. Und du hast recht, Delphine, zumindest du kannst mich sehen, wenn ich mich selbst im Spiegel auch nicht

sehen kann. Das ist klar wie klärchen und wahr wie währchen.«
»Ach, Draculi, lass das. Du weißt gar nicht, was du da sagst. Was soll „währchen“ heißen, he?«
»Jaaa, weißt du, Delphine, bei uns in Transsilvanien, in Rumänien, heißt „văr“ Cousin. Und Värchen ist ein Diminutiv und heißt so viel wie Cousinchen.«
»Na ja, Draculi, du hast dich wie immer schön aus der Affäre gezogen. Aber sag mir bitte, hast du auch Geduld?«
»Was, ob ich Geduld habe? Ich kann doch keine Geduld kaufen, oder? Wie soll ich dann Geduld haben, Delphine? Sag mir, wie? Ich kann dir aber sagen, dass ich die Geduld in Person bin. Also, die Geduld ist in mir und wenn du möchtest, zeig ich sie dir.«
Draculi spricht mit überaus lauter tiefer Stimme, und zwar extra, sodass er alle erschrecken kann, bis auch die Menschen, die ihn nicht sehen, aber seine unheimliche Stimme vernehmen. Sogar die Personen auf den Bildern fangen an, sich zu bewegen. Sie sehen sogar tatsächlich ängstlich aus.
»Du kannst mir, solange ich bei dir bin, erzählen, was dein Wunsch ist. Oder habe ich dich auch gegruselt?«
»Ha, ha, ha, Draculi, du bist aber witzig. Hast du schon vergessen, dass ich keine Angst vor dir habe? Du bist doch mein Freund. Das hast du auch so gesagt, stimmt‘s?«
»Logo wie logisch. Wir sind die besten Freunde. Ja, Delphine, aber was wolltest du mir erzählen? Freunde können sich alles anvertrauen. Du weißt jetzt von mir, dass ich manchmal auch Angst habe. Das darf auch

keiner wissen, O. K.?«
Draculi setzt sich auf die großen Treppen im langen Flur und mit einem Schwung wirft er den Mantel hinter sich. Das rote Futter kommt dadurch zum Vorschein und sieht für einen Moment aus wie Feuer.
Er lächelt ein wenig und zeigt seine weißen Eckzähne, die wie bei jedem Draculi länger sind als die anderen Zähne.
»Ich warte.«
»Ja, warte du mal ein bisschen. Ich muss es mir vielleicht auch gemütlich machen, oder? Ich brauche so etwas wie Sicherheit, weißt du, Draculi?«
»Ich gebe dir Sicherheit, Delphine. Ich bin dein bester Freund.«
»Schade, dass dich niemand sehen kann außer mir.«, spricht Delphine leise.
»Ich höre dich. Hast du vergessen, dass ich kilometerweit hören kann? Und wenn ich will, mache ich mich auch für andere sichtbar. Aber nur, wenn ich will.«
»Ja, ja, ist ja gut, Draculi. So, jetzt sitze ich auch bequem auf der Bank, und in diesem wunderschönen Sonnenuntergang kann ich dir ohne Angst meine Geschichte erzählen.«
»Ich bin gespannt, was für Geheimnisse du hast. Ich fühle mich geehrt, dass du sie mir anvertraust.«
»Dann sei weiter gespannt und halte dich zurück, sonst kann ich mich nicht konzentrieren.«, antwortet Delphine mit ernster Stimme.
Ihr blondes Haar fällt ihr bis auf die Schultern und ihre Blässe macht sie beinahe genauso unheimlich wie

Draculi. Es schadet ihrer außergewöhnlichen Schönheit aber nicht mal ein bisschen. Delphines schöne braunen Augen reflektieren ihre eigenen Gefühle. Man kann eine tiefe Traurigkeit spüren.
»Wie gut, dass wir in der Schule alleine sind. Ich fange jetzt an zu erzählen und du unterbrichst mich nicht, O. K., Draculi?«
»O. K..«, antwortet Draculi mit noch größeren Augen, denn er ist sehr gespannt auf Delphines Erzählung.
»Also, pass auf! Als ich klein war, so um die zwei Jahre alt, haben sich meine Eltern getrennt. Sie haben immer gestritten und mein Vater hat schon immer geschrien, wenn wir Dinge nicht so gemacht haben, wie er es wollte.
Also, weißt du, Draculi, wenn ich „wir" sage, das heißt Mama und ich. Damit du es besser verstehen kannst, gebe ich dir ein Beispiel. Ich wollte den Schneeanzug, den mein Vater für mich ausgesucht hatte, nicht anziehen. Ich war ungefähr eineinhalb Jahre alt. Er hat mich aus meinem Bett hochgehoben, mich geschüttelt und gesagt: „Du musst das jetzt anziehen!" Ich habe geweint und immer nein, nein, nein gesagt, aber für ihn war ich Luft. Und dann hat Mama auch versucht, ihm zu erklären, dass dieser Anzug zu dick ist für ins Auto. Es war nichts zu machen. Er ist deswegen danach alleine Skilaufen gegangen und uns hat er zu Hause zurückgelassen. Wenn irgendetwas nicht so passierte, wie er es wollte, dann hatten Mama und ich nie eine Chance, weißt du, Draculi? Es muss immer nur so sein, wie er will, denn sonst wird er wütend. Zum Beispiel, hör zu, ich erzähle dir noch eine Geschichte.«

»Ich bin ganz Ohr.«, antwortet Draculi und hebt seine Hand hinter sein Ohr.
»Ach, lass den Quatsch, Draculi. Dafür haben wir später Zeit. Mein Vater kam nachts um 12 Uhr nach Hause, machte ganz viel Lärm, sodass ich wach wurde.
»Ich muss das Kind auch sehen, deswegen mache ich jetzt ganz laute Geräusche, bis es wach wird.«
Er kam immer sehr spät nachts nach Hause.
Eines Tages hörte ich Mama, wie sie weinte und mit ihrer Mama, also meiner Oma, am Telefon sprach.
Sie sagte:
»Ich muss mit dem Kinderwagen immer bei ihm in der Praxis vorbeikommen, dass er das Kind überhaupt sieht und es auch akzeptiert.«
Meine Mama hat ihn einmal gefragt:
»Wieso kommst du nicht nach Hause, sondern schläfst immer in deinem Büro?«
Er antwortete:
»Ich will meine Ruhe haben. Delphine schreit zu viel. Es ist mir zu viel Stress. Am besten geben wir sie zu einer Tagesmutter.«
»Nein!«, hat Mama darauf geantwortet.
»Sie ist noch zu klein. Sie kann sich nicht wehren.«
Aber dann hat er mich doch abgegeben. Mama fand mich draußen, eiskalt, und ich schwamm in meiner eigenen Scheiße, bis zum Hals. Wirklich!«
Delphine schaut Draculi intensiv in die Augen.
»Traurig, sehr traurig.«, antwortet Draculi und sieht sie mitleidig an.
»Mama beruhigte mich und streichelte mich. Ich vergaß zu erzählen, ich weinte bitterlich, aber die Frau, diese

Nanny, hat das nicht die Bohne interessiert. Mama wechselte meine Windel, nahm mich auf ihren Arm und sagte zu der Frau:
»Wir kommen nicht mehr, danke.«
Meine Mama ist aber so lieb und wollte, dass ich auch mit den Kindern zusammenspielen kann. Sie hat sich als Tanztrainerin im Verein angemeldet und sie machte mit uns Spiele, tanzte mit uns und wir sangen in zwei Sprachen. Sie war bis zu ihrem achtzehnten Lebensjahr in der Tanzschule, weißt du? Also, Draculi, wir sangen in Deutsch und in Englisch.
»Und in meiner Sprache Rumänisch habt ihr nicht gesungen?«, fragt Draculi neugierig.
»Leider nein. Aber unterbrich mich nicht, Draculi! Wir haben so schön getanzt, und wie. Ach, war das schön, wenn ich daran zurückdenke. Wir haben mit der Hilfe unserer Mütter auch geturnt. Das war so ein Mutter-Kind-Turnverein. Mein Papa ist nie vorbeigekommen. Das kannst du mir glauben! Und weißt du was?«
»Was, erzähl es mir, Delphine!«, rief Draculi ganz schnell.
»Ich habe nie gesehen, dass mein Papa meine Mama küsst oder in den Arm genommen hat. Das ist doch traurig, glaube ich, denn Mama war sehr traurig deswegen.
Sie haben nur gestritten. Er war beinahe nie zu Hause, nicht einmal am Wochenende. Er sagte, dass er arbeiten muss. Er gab meiner Mama nie Geld fürs Essen, und er sagte, dass er nicht genug verdient. Aber weißt du was, Draculi? Er hat immer Geld von einem Konto aufs andere geschickt, um so noch mehr von der Steuer

zurückzubekommen. Das habe ich belauschen können, als er mit seinem Vater sprach. Denn sie dachten das ich schlafe.«

»Das war schlau von dir, Delphine. Das gefällt mir.«, sagt Draculi begeistert.

»Nur für uns war nie etwas übrig.«, erzählt Delphine weiter.

»Er ist jeden Tag mit seinem Kollegen ins Restaurant essen gegangen. Als Mama ihn eines Tages anrief und ihm sagte, dass wir kein Geld haben fürs Essen, sagte er:

»Ruf doch deine Eltern an, sie geben dir Geld. Sie haben Geld, genauso wie sie unzählige Autos vor dem Haus haben.«

Und so war Mama mit mir immer alleine.

Weißt du, Draculi, Mama und ich waren sehr alleine.

Eines Tages sagte mein Papa:

»Das Stück Schnitzel ist von meiner Mutter für mich und Delphine und nicht für dich.«

Als Mama doch ein Stück haben wollte, stupste er sie so stark mit dem Ellenbogen in den Bauch, dass sie gegen den Küchenschrank geflogen ist und auf den Boden fiel.

Am nächsten Tag sagte Mama zu ihm:

»So, jetzt reicht es, nimm deine Sachen und geh!«

Es war die Wohnung von meiner Mama. Meine Großeltern, also ich erkläre es dir so, dass du es verstehen kannst. Die Mama und der Papa von meiner Mama haben uns immer geholfen. Papa hat nichts für mich oder für Mama gekauft. Er ist sehr geizig, weißt du. Das Einzige, was Mama von ihm zu Weihnachten bekommen hat, war eine Mütze und ein Schal. Ich bekam ein Spielzeugauto. Stell dir mal vor, Draculi, ich als Mädchen habe ein Spielzeugauto bekommen! Tja, was soll ich noch sagen, he? Heute noch zieht er mich in Jungs Sachen an, blau und wieder blau. Ich hasse das! Soll ich dir noch eine Geschichte erzählen oder langweilst du dich?«

»Nein, ich langweile mich doch nicht. Bitte, Delphine, es ist gerade so spannend und gleichzeitig traurig. Wenn ich Tränen hätte, würde ich auch weinen.«, sagt Draculi und senkt seinen Kopf.

»Ach nein, Draculi, das ist schon so lange her, da war ich zwei oder auch drei Jahre alt. Aber weißt du was, ich weiß immer noch, was passiert ist, ich kann mich an alles erinnern, obwohl mein Papa mir sagte, dass ich alle meine Freunde und meine Familie in Mamas Stadt, wo ich lange gelebt hatte, vergessen werde. Jetzt, da ich bei ihm wohnen muss, wegen diesen schrecklichen Gesetzen und der Richterin und vor allem, weil mein Papa so böse ist, und überhaupt, wie könnte ich die Liebe meiner Mama, meines Bruders, meiner Großeltern und meiner Familie vergessen? Meine Mama fährt jede zweite Woche tausende von Kilometern, um mich zu besuchen, zusammen mit meinem Bruder. Siehst du jetzt, was mein Vater uns antut?

Weißt du was, Draculi? Mein Opa ist der Beste. Er hat versucht mich zu beschützen.«

»Ja, das glaube ich dir. Meiner auch. Er hat mich fliegen gelehrt.«, antwortet Draculi stolz.

»Und meiner mich das Laufen.«, sagt Delphine schnell.

»Soll ich weitererzählen oder nicht?«
»Doch, doch, erzähl weiter. Ich bin wieder still.«, antwortet Draculi und zieht den Mantel über seine Knie.
»Mit ihm kann ich viel und über alles sprechen, ungefähr so wie mit dir jetzt. Sogar die Geheimnisse über meinen Vater kann ich ihm anvertrauen. Das darf aber keiner wissen. Als ich in der Schule war und bitterlich weinte, weil ich Sehnsucht nach Mama hatte, hat die Lehrerin ihm das erzählt, und als er nach Hause kam, sagte er zu mir:
»Wenn du noch einmal über deine Mutter sprichst oder wegen ihr weinst, dann darfst du sie nie wiedersehen!«
Er schreit mich für jede Kleinigkeit so böse und laut an, dass ich Angst bekomme, weißt du, Draculi? Er hat aus Wut auch einen Stuhl kaputtgeschlagen. Kannst du nicht etwas für mich tun?«
»Was, Delphine? Ich tue alles für dich, wenn ich kann.«
»Mach bitte wie bei Bibi Blocksberg, weißt du, die Hexe, dass ich für immer bei meiner Mama bin. Ich bin sowieso etwas wie Sarah aus dem Kinderbuch, denn ich spreche mit dir und sie spricht mit den Tieren. Ich leide so sehr, weißt du? Ich weine viel und ich kann nicht einmal etwas von Mama oder meinen Großeltern bei mir haben. Papa nimmt mir alles weg!«
Delphine lässt ihr Köpfchen hängen.
Sie hebt den Kopf wieder und spricht weiter.
»Die Frau vom Jugendamt in Mamas Stadt ist sehr gemein! Sie sagte zu meiner Mama:
»So, jetzt sehen Sie, wie das ist, wenn ihnen das Kind weggenommen wird!«

Aber Draculi, wenn es dir nicht gutgeht, gehst du auch, oder?«
»Na klar gehe ich. Was soll ich denn dort, wo es mir schlecht geht?«, antwortet Draculi erbost.
»Siehst du, keiner hat an mich gedacht. Keiner! Alle wollten nur meinem Papa recht geben, besonders, weil er Anwalt ist. Alle sind seine Kollegen und er ist so gefährlich und bööööse! Und so bin ich bei ihm gelandet. Jetzt habe ich den Schlamassel und meine arme Mama kämpft und kämpft. Aber ich hoffe, dass die da oben beim Gericht mich endlich nach Hause lassen, zu meiner Mama und meinem Bruder.
Soll ich dir noch etwas verraten?«
»Alles, Delphine, alles kannst du mir anvertrauen.«, antwortet Draculi und dreht sein Gesicht zu Delphine, um noch besser ihrer Geschichte folgen zu können.
»Die Gutachterin durfte mich gar nicht befragen. Sie kam trotzdem zu meinem Papa und nahm mich alleine mit in ein Nebenzimmer und befragte mich. Sie schrieb alles falsch auf und fragte mich auch falsch. Sie machte alles nur einfach so, wie sie wollte. Sie hat sogar den Psychologen-Kodex nicht beachtet! Ich kenne das schwere Wort, weil ich es gehört habe, als Mama aus einem Gegengutachten vorgelesen hat. Ich habe wirklich alles gehört. Und? Gegen diese Gesetze kann man nichts machen, glaube ich. Die Gutachterin ist schuld und ich muss leiden. Der liebe Polizist hatte der Gutachterin eindeutig gesagt, dass sie mich nur jetzt und hier befragen darf. Also siehst du, Draculi, alle machen, was sie wollen, und nicht mal die Polizei wird zum Gericht gerufen, um ihre Sicht der Dinge zu sagen.

Ich erzähle dir ein anderes Mal weiter. Das sind so schlimme Erinnerungen für mich, Draculi. Weißt du? Als ich ganz alleine im Zimmer mit der Gutachterin war, hatte ich furchtbare Angst vor ihr. Sie ist groß und sieht aus wie ein Mann. Mein Papa wollte genau das. Dass ich furchtbare Angst habe. Er hat mich auch angelogen. Er sagte:
»Delphine, wenn du sagst, dass du mitkommen willst nach Sternentall, dann kommt deine Mama auch mit.«
Das war eine gemeine Lüge, Draculi.
Weißt du was, Draculi, bei meiner Mama habe ich eine große Familie und viele Freunde. Meine Cousins sind auch meine besten Freunde. Wir erzählen uns auch viel. Hier habe ich keine Freunde. Die Kinder verstehen mich nicht.«
Delphine stützt ihren Kopf in den Händen ab und schaut traurig durchs Fenster. Die Aussicht ist ebenso trüb und von Schatten durchzogen, wie Delphines Seele und ihre Geschichten. Sogar der Himmel ist jetzt bedeckt.
»Weißt du, wenn ich weine und sage, dass ich zu Mama will, dann steckt er mich unter die kalte Dusche. So wie ich bin, mit Jacke und Stiefeln, und er sagt:
»Jetzt zähle ich bis vier, und wenn du nicht aufhörst zu weinen, dann weißt du, was passiert.«
Glaube es mir, es ist nicht gut, wenn das jemand weiß. Dann habe ich auch keinen Papa mehr. Mama haben sie mir wegen ihm weggenommen. Und wenn sie mir meinen Papa, so böse wie er ist, auch wegnehmen, dann komme ich wie die anderen Kinder ins Kinderheim. So hat einer von Mamas Anwälten immer zu Mama gesagt.

Und dann müsste Mama kämpfen, um mich dort rauszuholen. Ist das nicht eine verdrehte Welt, Draculi?«

»Seien Sie still, sagen Sie nichts im Gerichtsaal, dann holen wir uns keine blutige Nase.«, sagte Mamas Anwalt.

Und, was war, Draculi?«

»Was war, Delphine?«, fragt Draculi und platzt vor Neugier.

»Die Richterin sagte zu meiner Mama:

»Sie haben nicht gekämpft, Frau Bun.«

Wie soll sie kämpfen Draculi? Sie hätte sich eine blutige Nase geholt, glaube mir. Das habe ich gehört, als Mama es meiner Oma erzählt hat. Sie dachten, ich sei in meinem Zimmer und spiele mit meinem Bruder und höre nichts. Aber ich habe alles gehört. Am besten wäre es, wenn dieser Anwalt und besonders die Richterin, in ihrer Rolle als Mutter, spüren müssten, wie es ist, wenn sie von den eigenen Kindern getrennt werden, so weit, weit weg wie möglich. So sehen sie, wie das ist, stimmt's, Draculi? Sie hören nicht zu, wenn ich sage, dass ich bei meiner Mama sein will. Habe ich recht?«

»Vollkommen, Delphine.«, antwortet Draculi schnell.

»Ich will zu meiner Mama!«

Delphine stampft mit dem rechten Fuß auf den Boden.

»Genau das verstehen sie nicht. Ich will zu meiner Mama. Draculi, was kannst du machen? Gib mir eine Idee. Ich halte es bei meinem Papa nicht mehr aus. Er hat sogar ein Punktesystem. Wenn ich nicht mehr weine zum Beispiel, dann bekomme ich Pluspunkte. In einer

Woche, wenn ich sieben Punkte habe, dann darf ich vielleicht am Wochenende einen Film anschauen«, erklärt Delphine voller Hoffnung.
»Weißt du, Delphine, mich können nur die guten Seelen sehen, denn ich bin auch ein Kind, obwohl ich von meinem Ururgroßvater Dracula komme.
Ich würde sagen, dass du zur Polizei gehen sollst und denen alles erzählst, was genau dein Vater dir antut.«
»Nein, oh nein, Draculi. Danach sagen sie es auch meinem Vater und ich sehe meine Mama nie wieder!«
»Uff, er hat dir aber Angst eingejagt!«
»Hm, hm, hm, was soll ich tun, Draculi?«
Laras Tränen kullern wie Perlen auf ihr Kleid.
»Du bist mir auch keine große Hilfe.«
Delphine weint jetzt bitterlich und setzt sich neben Draculi auf die Treppen.
»Soll ich ihn beißen?«, grinst Draculi zufrieden.
»Nein! Auf gar keinen Fall.«, antwortet Delphine erschrocken.
»Mach so eine Dummheit doch nicht. Dann bin ich doch die Böse. Ich weiß gar nicht, was er tun wird. Er kann alles tun und lebt auch noch ewig! Alle glauben nur ihm. Nein, tu so etwas nicht!«
Delphine schreit mittlerweile mit fürchterlicher Angst in ihrer Stimme.
»Vielleicht wird er dann wie du und ich kriege ihn nie wieder los!«
»Weißt du was, Delphine, ich habe eine geniale Idee. Ich erschrecke ihn.«, Draculi hebt stolz seine Brust, wie ein Hahn.
»Wie?«, fragt Delphine mit einem kleinen Lächeln.

Sie hört auf zu weinen und wischt sich mit dem Ärmel ihres T-Shirts die Tränen aus dem Gesicht.
»Wie?«, fragt sie noch einmal voller Hoffnung.
»Also, wir schmeißen Teller vom Tisch oder den Topf vom Schrank runter. Oder noch besser, wir schmeißen alle Bücher aus dem Regal runter, auf den Boden. Hilfst du mir?«
»Ja, mit Sicherheit, wenn ich kann.«, antwortet Delphine.
»Und wenn er sagt: „Delphine, was hast du gemacht?“ Dann sagst du: „Ich war das nicht. Das war bestimmt Draculi. Er ist unsichtbar, ein Geist, huh!“ So können wir ihn erschrecken. Wenn er toben sollte, dich schlägt oder anschreit, dann rufst du schnell die Polizei. Sie werden dich fragen was los ist. Er sagt bestimmt:
„Meine Tochter spricht mit den Geistern!“«
Draculi spricht mit ganz tiefer Stimme.
»Und dann antwortest du: „Mein Vater ist verrückt, Herr Polizist. Ich habe keinen Geist gesehen. Ich glaube, mein Vater ist verrückt.“ Und dann sagst du schnell: „Ich habe Angst vor ihm, ich will zu meiner Mama.“ Hi, hi, ha, ha, ist das nicht genial, Delphine?«
»Ach, Draculi, ich habe keine Chance von hier wegzugehen. Ich muss weiter leiden und mich duschen lassen von ihm, stundenlang mit kaltem Wasser, und dann noch eincremen, sogar jetzt, wenn ich so groß bin. Du weißt gar nicht, wie schlimm das ist. Einmal, als ich noch bei Mama lebte, war ich bei ihm zu Besuch. Er hat mich dort eingecremt und es hat gebrannt wie Feuer. Er hat so seine eigene Creme, weißt du? Ich war

aber gar nicht rot. Er sagte zu mir:
»Es muss so sein.«
Ich habe bitterlich geweint und mir gewünscht, hexen zu können. Ich wollte zu Mama fliegen.
Ich stand am Fenster und habe meinen Opa gerufen. Er hat zu mir gesagt, wenn ich ihn brauche, kommt er. Er hat mich aber nicht gehört.«
Delphine weint bitterlich und schluchzt.
»Das habe ich ihm auch gesagt. Ich habe auch meine Oma gerufen. Sie hat mich auch nicht gehört. Ich war soo traurig und ich hatte viel Angst, Draculi.«
»Er ist gemeingefährlich, Delphine.«, antwortet Draculi, sichtlich um Delphine besorgt.
»Draculi, das ist schon etwas länger her, aber, wenn ich gut überlege, ups, ich darf nichts verraten, sonst habe ich wieder Ärger. Und was für einen Ärger! Ich habe dir sowieso zu viel erzählt.«
»Und trotzdem nimmst du ihn in Schutz. Was für eine Macht er über dich hat, hui! Du kannst mir aber alles anvertrauen, Delphine.«, sagt Draculi ernst.
»Draculi, pssst, ich höre Stimmen und Schritte. Das ist bestimmt mein Vater. Er kommt mich abholen.«
Delphine spricht ganz leise weiter.
»Bis heute Abend, Draculi! Wenn ich im Bett bin, rufe ich dich und wir sprechen weiter, abgemacht? Vielleicht finden wir doch einen Ausweg. Siehst du, die Erwachsenen, wie Mama, können doch nichts tun. Ich habe sie bei ihrem Besuch ganz böse angeschaut und gefragt, ob sie mich überhaupt noch will. Ich habe gesagt, wieso nimmt sie mich nicht einfach mit, genau wie er damals. Das verstehe ich nicht. Ich glaube, sie

hat danach geweint. Ich habe ihr wehgetan, aber ich kann auch nicht mehr. Praktisch ist an allem mein Papa schuld. Er ist so schlimm. Weißt du, was er mir noch gesagt hat?«

»Was, Delphine?«, fragt Draculi ganz gespannt und mit leiser Stimme.

»Er sagte zu mir, wenn ich bei Mama bin, schickt er einen Drachen mit einer ganz langen Schnur und filmt alles, wo ich bin und was ich tue. Er sagte, dass er alles sehen kann.«

»Aber nein, Delphine, so etwas gibt es nicht. Er hat dich ganz schön erschreckt, was?«, spricht Draculi leise.

»Na klar, deswegen habe ich das auch Mama erzählt und sie sagte mir dasselbe. Sie sagte, dass Drohnen existieren, so etwas wie klitzekleine Hubschrauber. Aber sie können nicht so weit fliegen. Praktisch hat sie genau das gesagt, was du jetzt sagst. Deswegen habe ich jetzt keine Angst mehr. Er lügt wie immer. Er verstellt sich immer, wie ein Schauspieler, als er beim Jugendamt war, beim Gericht, in meiner Schule und wie früher im Kindergarten und sogar bei Mama! Nur so hat er sie bekommen, bestimmt! Er hat sich auch den Sozialarbeiter als Freund gemacht. Anstatt dass der Sozialarbeiter bei mir bleibt und mich beschützt, ist er spazieren gegangen und hat mich mit Papa alleine gelassen. Danach hat er noch Lügen geschrieben. Wie lieb mein Papa wäre und so etwas.«

»Sei nicht mehr traurig, Delphine! Ich werde dich nie verlassen. Ich werde dich immer beschützen.«, sagt Draculi und versucht, näher zu Delphine zu kommen.

»Verspreche nie, was du nicht halten kannst. Sag lieber, ich werde mich bemühen, dich zu beschützen, Delphine.«, sagt Delphine traurig.
»Wir sprechen uns später, O.K.? Bis späteeer!«
Und blup, blup, blup, Draculi ist verschwunden. Delphine setzt sich wieder im Schulgang auf die Bank. Ihr Vater kommt näher und fragt sie:
»Delphine, mit wem hast du gesprochen?«
»Ich habe mit niemandem gesprochen. Hast du vielleicht ein Handy bei mir gesehen? Nein, habe ich nicht. Siehst du denn hier jemanden? Hörst du Geister?«
Delphine lacht angespannt und verzieht das Gesicht zu einer angespannten Grimasse. Sie sind jetzt draußen auf der Straße.
»Wenn du weiter so mit mir sprichst, nehme ich dir alle Spielsachen weg.«
»Neiiin!«, schreit Delphine entsetzt.
»Wie gut, dass ich Draculi an meiner Seite habe. Ich kann ihm immer und wann ich will rufen und alles erzählen. So fühle ich mich nicht mehr alleine. Das war vielleicht knapp. Uff!«
Sie denkt weiter:
»Vielleicht geht der Plan von Draculi doch auf. Das wäre toll. Und ich kann endlich nach Hause zu Mama gehen.«
»Jetzt gib mir deine Hand!«, sagt der Vater voller Zorn.
»Nein, ich will nicht.«
»Du machst, was ich dir sage.«
Er drückt Delphines Hand ganz fest.
»Auaaa!«, schreit Delphine und starrt auf den Boden.

Sie vertieft sich in die Gedanken an Draculi.
»Bitte, Draculi, finde schnell einen Ausweg, es tut mir so weh!«, denkt Delphine und weint mit leisen Schluchzern. Delphine fühlt sich verlassen und wieder mal furchtbar alleine, und sie denkt:
»Vielleicht hat er eine geniale Idee heute Abend. Hilfe, Draculi! Ich habe mein Vertrauen verloren, Draculi! Wenn du mir nicht hilfst, kann mir nur der Liebe Gott helfen, und das ist auch schon zu spät, Draculi. Hilfeee!«
Delphine schaut auf den Boden und ihre Tränen erreichen den Asphalt.
Die Fußgänger gehen an den beiden vorbei und sie schütteln mit dem Kopf.
ENDE.
»Das arme Kind.«, hört ein Denker eine traurige und sichtbar ergriffene Frau sagen.
»Das arme Kind, was für traurige Augen. Ich habe noch nie so traurige Augen gesehen. Ob sie jemanden hat, der ihr helfen kann?«
Der Mann antwortet:
»Das werden wir leider nie erfahren, mein Schatz.
Es ist vor Hunderten von Jahren passiert. Heutzutage, in unserem Universum, mit unserem Spirit, mit den Denkern und den Gedankentransportern ist so etwas garantiert nicht mehr möglich.
Wir können die Gedanken lesen und hören, sogar auch als Film abrufen und sehen, wie wir jetzt. Leider können nur die Profis die Gedanken verstecken. Gott sei Dank passiert es nur vor unseren geistigen und spirituellen Augen. Wenn so etwas heute passiert,

braucht man nur Fee in der Seelenblase zu kontaktieren. Sie würde sofort helfen, bestimmt.«

»Traurig, sehr traurig.«, ergänzt noch einmal die Frau, nun selbst mit Tränen in den Augen.

Die Gedankenstimme der Erzählungsgedanken spricht weiter.

»Es ist eine Geschichte, einer von tausenden Schicksalsschlägen. Ich habe aus der Kindessicht erzählt und versucht, die Verzweiflung und Trauer eines missbrauchten Kindes zu beschreiben. Was passiert, wenn man seine Wünsche missachtet, angesichts der falschen Gesetze, beziehungsweise die freie Manipulation, die daraus entstehen kann, zugunsten der Richter und Gutachter.

»Diese Ergänzung zum Schluss war notwendig.«, sagt die Frau immer noch sehr mitgenommen.

»Keine Angst, mein Schatz, ich werde in Zukunft keine solche Gedankenerzählungen mehr zulassen. Das verspreche ich dir.«, spricht der Mann selbst mit einer zittrigen Stimme.

» Ich habe nur „Draculi“ gehört und dachte, dass es etwas Witziges ist. Ich werde bestimmt andere, schönere Gedankenerzählungen auswählen. Versprochen.

Ich glaube, es ist an der Zeit, Fee zu kontaktieren. Sie muss irgendetwas unternehmen.«, sagt der Mann weiter mit überzeugter Stimme.

»Sie muss diese aufrufbare böse Gedankenerzählung ausradieren.«

Das Gesicht des Mannes zeigt sich zufrieden und stolz, dass ihm eine so geniale Idee eingefallen ist.

»Fee ist bestimmt stolz auf dich. Sie hat schon dein Gedankengut aufgefangen.«, sagt die Frau und schmiegt sich noch enger an den Arm ihres Mannes. Sie schaut ihn an und auf ihrem Gesicht kann man die Gedanken lesen:
»Ich bin so stolz auf dich, mein Held. Fee wird dir eine Gedankenmedaille geben.«
Die stille der Nacht ist noch mysteriöser als zuvor.

Kapitel III

Zauber-Ecken

Anatole France

Die Unabhängigkeit des Gedankens ist der höchste Adel.

(1844 - 1924), eigentlich François Anatole Thibault, französischer Erzähler, Lyriker, Kritiker und Historiker, Nobelpreisträger für Literatur 1921

Quelle: France, Aufruhr der Engel (La révolte des anges), 1914, Moewig Phantastica Nr. 1814 (1984)

»Schatzi, was für ein Datum haben wir heute?«, ruft Lia laut vom Wohnzimmer aus.
»Den 13. Mai 1989! Wieso willst du das wissen?«, antwortet Julien genauso laut aus dem Schlafzimmer.
»Na, du bist ganz schön neugierig, stimmt's?«
»Na klar bin ich neugierig.«, antwortet Julien, während er sich mit nackten Füßen ins Wohnzimmer schleicht. Er umarmt Lia von hinten, fasst sie an der Taille und drückt sie ganz fest an sich.
»Das muss Liebe sein.«, sagt Lia laut, sichtlich gerührt und verzaubert.
»Na klar, mein Schatz, was denn sonst?«, unterstreicht Julien seine Gefühle mit einem neugierigen Unterton in seiner Stimme.
»Aber du hast mir noch nicht geantwortet. Warum willst du das Datum wissen?«
Er hält sie immer noch ganz fest.
»Tja, heute kommen die Fußballerfrauen zu uns nach Hause. Ich müsste noch Kuchen backen. Ich mag nicht so gerne backen, das weißt du doch. Ich koche sehr gerne, aber bitte nicht backen.«
»Und wo ist das Problem?«, fragt Julien.
»Ich gehe in die Bäckerei und kaufe für euch alle Kaffeestückchen. Ist das O.K.?«
»Das fragst du noch, du bist der Größte! Logisch ist das mehr als O.K..«, antwortet Lia erleichtert und dreht sich mit dem Gesicht zu ihm.
»Umso besser, so habe ich mehr Zeit, den Tisch schön einzudecken.«
Julien zieht sich rasch an und Lia hört, wie er die Tür hinter sich zu macht.

Es dauert gar nicht lange und Lia hört den Schlüssel im Schlüsselloch, kling, kling, krscht, krscht.
»Ich bin schon zurück, mein Schatz!«, ruft Julien und macht die Tür zum Wohnzimmer ein wenig mühsam auf, denn er hat ein großes Paket in seinen Händen.
»So, hier sind die Kaffeestückchen. Frau Sonnenschein, haben sie vielleicht diesen Kuchen bestellt?«, witzelt er.
Lia lacht sichtlich amüsiert.
»So gefällst du mir. Ich will dich lachen sehen, ohne Sorgenfalten auf der Stirn.«
Er umarmt sie und hebt sie hoch. Er küsst sie leidenschaftlich. Lia ist jung, 25 Jahre alt, klein, mit schwarzen langen Haaren, und als Julien sie runter lässt sagt sie:
»Hui, hui, mir ist ganz schön schwindlig geworden. Das war vielleicht ein Kuss.«
Lia rollt die Augen und lässt sich sanft auf die Couch fallen.
»Ich bin auch noch da.«, Julien springt neben Lia auf die Couch, umarmt sie und hält sie ganz fest an seine Brust.
»Wie soll ich gehen können, wenn du so schön bist? Ich vermisse dich jetzt schon.«, sagt Julien und lächelt Lia so warmherzig an, dass sie nur mit einem innigen Kuss antworten kann.
»So, jetzt musst du zum Fußballtraining gehen, mein Schatz. Die Frauen kommen gleich.«
Lia befreit sich aus seinen Armen, obwohl es so kuschelig warm ist und sie sich geborgen fühlt in seinen starken Armen. Aber dann springt sie hoch und

sagt:
»Mein Schatz, heute Abend haben wir genug Zeit für uns. Jetzt muss ich noch die Lippen mit meinem roten Lippenstift bemalen. Meine Mama hat immer gesagt: „Wenn du morgens die Lippen rot anmalst, dann siehst du frisch und strahlend aus.“
Das habe ich nie vergessen, und genauso mache ich es auch.«
»Lia, du weißt genau, dass das mich noch mehr anmacht.«, sagt Julien und sein Lächeln ist ganz heiß.
»Denkst du, ich weiß das nicht?«, antwortet Lia.
»Aha, dann machst du das extra?«
»Ja klar, mache ich das extra. Denkst du, ich warte nicht auf heute Abend?«
Lia lächelt ihn an und führt ihre Finger lasziv durch ihre schwarzen Haare.
»Ich bin jetzt schon alle.«
Lia streicht leicht über ihre Stirn.
»Genau wie ich auch.«, fügt Julien schnell und aufgeregt hinzu.
»Aber du hast recht.«
Julien steht auf und holt seine fertiggepackte Sporttasche, zieht die Jacke an und sagt:
»Ich freue mich jetzt schon auf heute Abend, mein großer Schatz.«
»Ich mich auch.«, antwortet Lia und schenkt ihm das schönste Lächeln der Welt. Sie küssen sich und dann ist Julien auch schon weg, und es dauert nicht lange und Lia hört die Klingel. Sie drückt auf den Türöffner und macht gleichzeitig die Wohnungstür auf. Sie hört Stimmen, Schritte und Lachen.

»Aha, super.«, denkt sich Lia.
»Sie sind gut gelaunt.«
»Hallo, Lia! Wir sind es. Wir haben uns alle unten verabredet. Hier sind wir!«, ruft Lydia, während sie die letzten Treppen raufsteigt.
»Kommt rein! Nein, nein, keine Schuhe ausziehen, bitte nicht.«, sagt Lia schnell, als sie merkt, dass ein paar der Frauen ihre Schuhe ausziehen wollen.
»Geht bitte direkt ins Wohnzimmer. Ihr könnt es euch auf der Couch, an dem Tisch oder in dem Sessel bequem machen. Wo ihr wollt, fühlt euch wie zu Hause. Bei allen Südländern wird das Gastgebersein großgeschrieben.«, verkündet Lia und freut sich, dass die Frauen sich merkbar wohlfühlen.
»Ich hole nur noch den Kaffee und bin gleich bei euch.«
Lia verschwindet in die Küche und kommt mit einer Thermoskanne zurück.
»So, meine Lieben, jetzt lasst es euch schmecken!«
Lia hat den Tisch mit einer weißen Tischdecke und dem blauen Kobaltservice, das sie von ihrer Mutter als Geschenk bekommen hat, gedeckt.
»Gemütlich habt ihr es hier.«, sagt Elena.
»Ja, mir gefällt es auch sehr gut.«, bringt sich Lydia ins Gespräch ein.
Maria sagt plötzlich:
»Lia, sag mal, ich habe gehört, dass du im Kaffeesatz lesen kannst, stimmt das?«
Lia ist ein wenig aufgeregt und antwortet mit einem seltsamen Unterton in ihrer Stimme:
»Jaa, aber woher hast du das? Wer hat dir das gesagt?

Habt ihr euch schon vorher abgesprochen, um mich ganz schnell danach zu fragen? Ich lese nämlich nicht so oft im Kaffeesatz.«, antwortet Lia leise.
»Und wenn ich darin lese, dann nur bei Tageslicht.«
»Jetzt ist doch Tageslicht.«, sagt Lydia schnell.
»Aber wieso nur dann?«, will Elena wissen.
»Wenn ich abends lese, dann kommen nur die schlechten Nachrichten durch. Das hat meine Erfahrung gezeigt. Deswegen kann ich tagsüber eher das Gute sehen.«, erklärt Lia.
»Wer hat dich das gelehrt?«, fragt Maria neugierig.
»Niemand hat mich das gelehrt. Das ist eine Gabe. Ich habe sie von meiner Familie, mütterlicherseits. Meine Oma und meine Mama haben sie auch. Obwohl meine Mama auch sehr gut darin ist, will sie nichts davon wissen. Als meine Oma im Kaffeesatz gelesen hat, habe ich sie gebeten, mich es auch zu lehren. Sie hat mir aber geantwortet:
»Mein Schatz, setz dich neben mich und hör zu. Wenn du die Gabe hast, dann siehst du etwas in der Tasse und kannst es auch interpretieren. Wenn nicht, kann ich dich auch nicht anlernen.«, sagte meine Oma.«
»Ach so!«, antwortet Elena mit befriedigter Neugier.
»Willst du mir auch im Kaffeesatz lesen? Ich habe wirklich große Probleme.«
»Was für Probleme hast du denn?«, fragt Lia ein wenig ungläubig, denn Elena sieht sehr gesund und glücklich aus.
»Es ist so. Ich war bei meinem Frauenarzt und er sagte mir, dass ich keine Kinder bekommen kann. Das Schlimmste ist, dass der Fehler bei mir liegt.«

»Hat dein Arzt das genauso gesagt?«, fragt Lia mit ihrer ruhigen und sanften Stimme.
»Ja?«, antwortet Elena fragend.
»Na gut, ich werde für dich im Kaffeesatz lesen. Du musst den Kaffee fast ganz austrinken. Es darf nur ganz wenig Kaffee mit dem Kaffeesatz in der Tasse zurückbleiben. Dann nimmst du die Tasse und schwenkst sie rund, bis der Tassenrand voll ist mit Spuren vom Kaffeesatz. Danach drehst du die Tasse auf die Serviette um, die du vorher auf deinen Tassenunterteller legst. Dann machst du ein Kreuz und denkst fest an deine Probleme, Wünsche und Menschen, die dir viel bedeuten, oder an diejenigen, die dir Ärger machen.«
Die Frauen kichern, aber im Raum ist eine gewisse Anspannung zu spüren. Elena macht genau das, was Lia zu ihr gesagt hat.
»So, fertig.«
Elena kreuzt die Beine und legt ihre Hände darauf ab.
»Ich bin gespannt, was du mir sagst.«
»Wir auch!«, rufen Maria und Lydia gleichzeitig.
Die Zeit vergeht wie im Flug und nach zwanzig Minuten schaut Elena voller Neugier in die Tasse, ob sie denn jetzt trocken ist. Sie kann es kaum noch erwarten, bis Lia ihr etwas erzählt. Alle sind neugierig bis zum Platzen. Genau so fühlt sich auch die Luft an.
»Hier, Lia!«, sagt Elena und gibt Lia die Tasse in die Hand.
Lia nimmt die Tasse und schaut ernst und ganz vertieft in die Spuren, die der Kaffeesatz hinterlassen hat. Plötzlich fängt sie an zu sprechen und sagt mit ernster

Miene:
»So, Elena, schau!«
Elena ist wie erstarrt. Ihre blauen Augen sind ganz groß geworden.
»Du wirst mehrere Wege gehen, einer davon wird der wichtigste sein. Danach wirst du erfahren, dass es nicht an dir liegt, dass ihr keine Kinder bekommen könnt.«
»Sondern?«, fragt Elena voller Aufregung.
Die Antwort kommt prompt.
»Bei deinem Mann liegt der Fehler. Ihr müsst noch einmal zum Arzt gehen.«
Lia erzählt Elena noch ein paar Sachen und dann sagt sie:
»Jetzt musst du die Tasse selbst auswaschen. Praktisch nur unter Wasser halten und kurz ausspülen.«
»Warum?«, fragt Elena.
»So spart sie sich das Geschirrspülen.«, sagt Maria.
Alle drei lachen und die Anspannung vergeht. Nur Lia schaut sie ernst an und sagt:
»Alle negativen Ereignisse und Einflüsse fließen damit weg. Darum ist das wichtig.«, erklärt sie geduldig.
»Danke, Lia, das war sehr interessant. Mal sehen, ob das eine oder andere, was du mir gesagt hast, zutrifft.«
»Sagt ihr mir auch bitte Bescheid?«, fragt Lia anschließend ganz schnell.
»Ja klar sagen wir dir, wenn etwas davon sich erfüllt.«, antwortet Elena.
»Lia, sag mal, du kannst doch auch vom bösen Blick befreien, oder?«
»Ja, das stimmt. Das ist auch eine sehr wichtige Gabe. Wer hat euch denn bitte davon erzählt?«, will Lia sofort

wissen.
»Dein Mann, glaube ich, hat etwas Ähnliches erzählt.«, antwortet Lydia verunsichert.
»Er wollte bestimmt nur mit deinen Fähigkeiten angeben. Du bist aber nicht böse, oder?«, fragt Lydia, um sicherzugehen, dass Lia nicht gekränkt ist.
»Nein, ach was!«, antwortet Lia lächelnd.
»Ich habe diese Gabe auch von meiner Oma.«
»Wir wollen mehr von dir wissen, bitte!«, sagt Elena.
»Ja, bitte, Lia, erzähl uns etwas darüber! Du bist so anders, du hast so eine undefinierbare Aura.«, sagt Maria enthusiastisch.
»O.K., ich erzähle euch ein wenig von mir. Aber viel mehr über meine Fähigkeiten. Seid ihr einverstanden?«
»Ja, super, fang an!«, ruft Maria.
»Wir sind so neugierig, wir platzen vor Neugier.«, ergänzt Lydia.
»Gut, also, das ist ein Teil von mir.«
»Man betet, man hat Ängste, man ist „abergläubisch", und all das trifft auf mich zu, und noch ein wenig mehr. Genauso wie auch auf meine Mama.
Das alles kommt von meinen Vorfahren und zieht sich wie ein roter Faden bis zu meiner Tochter. Ihre Fähigkeiten sind anderer Natur, aber genauso überwältigend.
Ich weiß gar nicht, wie ich das alles beschreiben soll. Es ist kompliziert, darüber zu sprechen, und ganz einfach, wenn es passiert.
Ich werde euch jetzt einiges erzählen, und nur euch, denn die Menschen, selbstverständlich nicht alle, aber doch ziemlich viele, sind noch nicht so weit, noch nicht

offen dafür. Obwohl sie ganz genau die gleichen Symptome, Träume oder Zeichen sehen und spüren, wollen sie trotzdem nicht glauben. Aber ihr bittet mich gerade darum. Ich gehe davon aus, dass ihr bereit seid.«
»Ja, das sind wir, Lia.«, antwortet Elena.
»Ich werde euch jetzt ein Geheimnis verraten.«
Lia beugt sich zu den Mädels, und mit leiser Stimme macht sie die Atmosphäre noch geheimnisvoller.
»Ich bekomme Botschaften im Traum.«
Lia schaut jeder Frau in die Augen. Sie denkt:
»Das ist gut. Sie haben immer noch Geduld und sind neugierig.«
»Wow!«, ruft Elena begeistert.
»Wenn ich aufwache, weiß ich genau Bescheid über das, was den Mitmenschen in meiner Nähe passieren wird, ob es was Gutes oder Schlechtes ist. Ob ich Streit haben werde oder ob jemand, der mir nahesteht, Probleme bekommt, und dann auch welcher Art diese sind.
Als ob das nicht genug wäre, besitze ich auch noch die Fähigkeit, im Kaffeesatz zu lesen, wie ihr ja schon wisst. Bis zu meinem achtzehnten Geburtstag konnte ich nur aus dem schwarzen Satz lesen, entnehmen, entziffern, interpretieren und weiterleiten. Danach war es mir tatsächlich auch möglich, aus den schwarzen und weißen Konturen des Kaffeesatzes zu lesen. Wenn ich sage schwarz, heißt das nicht, dass die Botschaften böse oder schlecht sind. All das ist aber nur ein Teil meiner Fähigkeiten.
Jetzt kann ich euch auch weiter verraten, was für Fähigkeiten ich noch besitze. Wollt ihr es wissen?«

»Na klar, da fragst du noch?«, sagen alle schnell gleichzeitig.
»Ihr habt schon erfahren, dass ich auch den bösen Blick heilen kann, oder besser gesagt, einige Menschen davon befreien.
Ich sage einen Spruch und danach ein Gebet, wie das Vaterunser, wenn es unterwegs geschieht. Wenn man zu Hause ist, besteht die Möglichkeit, zusätzlich während des Aufsagens des Spruchs ein Glas Wasser und ein Streichholz griffbereit zu haben. Man entflammt das Streichholz und nach jedem Teil des Spruches wird mit einem Messer ein Stück ins Wasser geschnitten. Wenn ein Stück verkohltes Streichholz nicht auf dem Wasser schwimmt und nach unten fällt wie ein Stein, an der Stelle, an der ich etwas über einen Mann, eine Frau oder eine junge Frau sage, hat diejenige Person den bösen Blick abbekommen. Danach nehme ich ein wenig Wasser aus dem Glas und reibe es bei der entsprechenden Person an die Schläfen, die Stirn und über den Bauchnabel. Bis jetzt hat es immer geholfen.
So, jetzt gut aufpassen. Ich verrate euch meinen Spruch. Wenn man den bösen Blick von einer Frau abbekommen hat, sagt man den Namen von der betroffenen Person. Jetzt müsst ihr Folgendes sagen, wenn zum Beispiel Elena den bösen Blick hat: Sollen Elena die Brüste platzen, die Milch rausfließen, sie sollen lachen!
Wenn der böse Blick von einem Mann kommt, sagt man: Sollen ihm die Eier platzen, Pipi rausfließen, das Dorf soll lachen!
Wenn der böse Blick von einer jungen Frau kommt,

spricht man: Soll ihr das Haar ausfallen, der Kopf soll wie eine Rübe bleiben, das Dorf soll lachen!
So, jetzt kennt ihr ein großes Geheimnis. Ihr dürft mich nicht enttäuschen. Erzählt das nicht weiter.«, sagt Lia sehr ernst und ihre Augen sprühen Feuer.
»Du bist wirklich eine weiße Hexe, Zauberin oder wie auch immer das heißt. Kommst du aus der Zukunft?«, spricht Elena aufgeregt und die anderen Frauen nicken überzeugt. Sie sind immer noch so angespannt wie vorher.
Lia erzählt weiter.
»Den Namen "böser Blick" kann man nicht nur als "böse" an sich interpretieren. Wenn beispielsweise jemand einer wunderschönen Frau hinterherschaut und sich denkt, „Ach, ist sie schön!“, kann auch der böse Blick eintreten. Die Augenfarbe ist dabei unwichtig, denn alle können einen bösen Blick haben, denn wir alle besitzen gute und negative, genauer gesagt böse Energien. Trotzdem sagt man, dass schwarze Augen am gefährlichsten sind.
Nach einem bösen Blick bekommt man unerklärliche Kopfschmerzen. Man kann es nicht genau ertasten, lokalisieren oder interpretieren. Es ist ein innerer Schmerz. Es wird einem schlecht wie bei einer Migräne und sogar zu Ohnmachtsanfällen kann es kommen.
In einem aus dem Englischen übersetzten Artikel hatte ich gelesen, dass amerikanische Ärzte endlich herausgefunden hätten, wie man gegen den bösen Blick vorgeht. Die dort erwähnte Methode basiert auf Bioenergie. Diese Bioenergie wird nach wissenschaftlichen Daten genau dosiert und minutiös

angewendet. Der böse Blick wurde in besagtem Artikel darüber hinaus als ein unsichtbarer, sehr gefährlicher Feind beschrieben, doch ist er praktisch nichts anderes als eine aggressive Energie. Arthur Conan Doyle, der Sherlock Holmes erfunden hat, war über seine Tätigkeit als Autor hinaus auch ein renommiertes Medium. Er hat als Erster über die Ektoplasma-Theorie geschrieben. Ektoplasma verfügt über energetische Blutgerinne, von negativen Emotionen hervorgerufen. Sie werden in bestimmten Hirnzonen freigesetzt, wenn der Mensch irritiert, müde oder unruhig ist.

Wenn der Mensch böse, frustriert oder beleidigt ist, sprühen aus seinen Augen böse Energien, sogenannte Cluster. Diese Cluster sind mit schlimmen Gedanken oder vernichtenden Emotionen geladen. Diese können manchmal auch töten.

Das Opfer spürt, dass mit ihm etwas passiert, aber bisher hat es noch keiner wirklich geschafft, sich selbst davon zu befreien. Nur mit der Hilfe eines auf den bösen Blick spezialisierten Experten oder jemandem wie mir, mit den angeborenen Fähigkeiten, hat man eine Chance, davonzukommen.

Auf diesem Wissenschaftszweig ist Ludmila Serebrennikova, eine auf Bioenergie spezialisierte Medizinerin, die absolute Expertin. Sie kann die aggressiven Teile aus dem Ektoplasma herausfiltern und so die betroffene Person von dieser negativen Energie befreien.

All das passiert wohlgemerkt völlig wissenschaftlich, in unserer heutigen Zeit. Die Mediziner arbeiten mittlerweile mit Spezialisten für den bösen Blick

zusammen. Es ist wirklich wahr! Ich habe einen Artikel mit genau diesen Angaben im Internet gelesen.
Darüber hinaus helfen zudem Ruhe und Optimismus dabei, dem bösen Blick zu entkommen.
Während man den Spruch und das Gebet sagt, um jemanden davon zu heilen, muss man das Opfer an den Schläfen oder am Handgelenk reiben. Ein Beispiel dafür gebe ich euch gleich.«
Sie schaut den Frauen direkt in die Augen und fragt gleich:
»Habt ihr noch Geduld?«
»Ja, was denkst du denn? Jetzt erzähl schon weiter, wir sind ganz Ohr.«, antwortet Elena aufgeregt.
»Wir wollen alles wissen, so neugierig sind wir.«, fügt Maria hinzu.
»O.K., dann weiter.«, spricht Lia geheimnisvoll.
»Ein Teil unserer Familie war mit Freunden in einem Restaurant feiern. Die ganze Zeit über schaute ein Mann meine Tochter sehr intensiv an. Auf einmal war ihr so schlecht, dass sie auf die Toilette gehen musste. Wir hörten sie mit schwacher Stimme etwas rufen.«
»Mami, komm mal schnell!«
»Sie lag gekrümmt auf dem Boden und war so blass im Gesicht wie der Tod. Meine Mutter hörte uns und kam schnell die Treppe runter. Sie sagte:
»Sie ist vom bösen Blick getroffen. Du reibst sie an den Händen und ich am Kopf. Wir müssen den Spruch gemeinsam sagen, erst dann ist die Wirkung stark genug.«
»Ich weiß, Mama.«, antwortete ich und lächelte sie an.
»Ich dachte, es wird nicht so schlimm.«

»Du hast spürbare Sorgen im Gesicht, mein Schatz. Reib ihr das Handgelenk weiter, lass nicht nach!«, antwortete mir Mama.
Nach ein paar Minuten ging es meiner Tochter ein wenig besser und wir konnten mit ihr nach draußen gehen. Als wir raus aus dem Lokal waren, haben wir dieses Ritual wiederholt, direkt auf der Straße, bis wir beinahe zu Hause waren. Erst dann ging es ihr wieder gut.
Sie sagte:
»Mami, hast du den Mann an dem Tisch mit der jungen Frau bemerkt? Sie saßen am Fenster. Er hat mich die ganze Zeit angeschaut und angelächelt, sogar auch noch, als ich den Sitzplatz gewechselt hatte.«
»Ja.«, sagte ich.
»Ich habe gesehen, dass er von dir fasziniert war, aber ich konnte noch nicht rechtzeitig erkennen, was da vor sich ging.«
Diese Fähigkeiten, die ich habe, kann man nicht erlernen. Man hat sie oder man hat sie nicht. Auch jetzt in der Zukunft würde meine Oma das Gleiche sagen. Das sind die Worte meiner liebsten Oma, die mich auch großgezogen hat. Sie hat auf ihre Arbeit bei Ager Press, dem Nachrichtendienst, verzichtet, besser gesagt dort gekündigt, um mich großzuziehen, denn meine Eltern und mein Opa waren berufstätig.
Sie sagte zu mir:
»Mein Schatz, das ist eine Gabe. Du kannst neben mir sitzen, und wenn du die Gabe hast, kannst du dir alles merken, wenn nicht, ist diese Gabe nicht bei dir.«
»Auch auf die Gefahr hin, dass ich mich wiederhole,

erwähne ich es noch einmal. Nur so versteht ihr noch besser, wie viel Gewicht Omas Aussage hatte. Sogar wissenschaftlich ist bewiesen, dass der böse Blick nichts anderes ist als negative Energie.«

Lia fixiert Maria und sagt:

»Hört ihr mir noch zu?«

Maria gibt keine Antwort. Lia streichelt ihre Schulter und genau in dieser Sekunde schreckt Maria wie aus einem Traum auf.

»Ja, ja, Lia, wir hören selbstverständlich noch zu.«

Alle lachen amüsiert über Marias Verhalten.

»Wenn sie geballt auf einen Menschen treffen, kann das gefährlich werden. Zum Beispiel, wenn jemand eine andere Person böse anschaut. Diese negativen Cluster treffen auf den ganzen Körper auf. Sie können schlimme Symptome hervorrufen.«

»Brrr, das ist gruselig!«, sagt Maria.

»Man wird krank, man wird depressiv oder bekommt bestialische Kopfschmerzen und, und, und. In Rumänien zum Beispiel wird bei den Neugeborenen an den Kinderwagen eine rote Schleife oder an das Handgelenk ein roter Faden gewickelt. Man findet diesen Brauch, oder Aberglauben, bei verschiedenen Völkern, von Russland bis Indien.«

»Also Mädels, jetzt wisst ihr, was zu tun ist.«, sagt Maria schnell.

»Ja, es könnte sein, dass ihr empfänglich seid für den bösen Blick. Deshalb versteckt ihr am besten einen roten Faden im BH oder in der Unterwäsche.«

»Kitzelt das nicht?«, fragt Lydia lachend.

»Ach, du bist aber witzig, Lydia.«, antwortet Maria und

macht mit der Hand ein abfälliges Zeichen nach unten.
»Ich erzähle euch jetzt von etwas anderem, und zwar von meinen Träumen, und ich gebe euch einen kleinen Einblick in meine frühere Welt.«
»Oh ja, Lia! Wir wissen gar nichts von Rumänien oder den Menschen dort.«, sagt Elena.
»Hör nicht auf zu erzählen! Du hast diese Gabe, so schön zu erzählen und die Menschen neugierig zu machen. Uns hast du auf jeden Fall neugierig gemacht.«, ergänzt Lydia und setzt sich in einen Sessel, um noch bequemer zuhören zu können.
»Gut, dann gebe ich jetzt ein bisschen mehr preis von mir.«, sagt Lia und wird ein wenig nachdenklich.
Ihre pechschwarzen Haare und ihre tiefschwarzen Augen lassen sie noch außergewöhnlicher wirken.
»Ich bin in Bukarest geboren, haargenau mitten im Herzen der Stadt, in einem Haus hinter der Bibliothek der Akademie, mit einem großen Park drumherum. Genauer gesagt in Calea Victoriei. Meine Kindheit war leicht, schön, geborgen, behütet und verwöhnt. Ich genoss ein High Society-Leben, wie die Menschen im Westen auch.«
»Und hier habt ihr zwei von Null angefangen.«, ergänzt Elena.
»Ja, aber ihr wisst doch, nur die Liebe zählt. Die Liebe macht glücklich, gesund und zuversichtlich. Sie macht sogar mutig. Die Glückshormone tanzen im Herz und Hirn.
Ihr Lieben, wisst ihr, Kommunismus mit ein paar Abweichungen ist beinahe wie Kapitalismus. Das Leben von Menschen, die auf der Sonnenseite geboren

werden, wie ich, ist überall gleich auf der Welt. Wir genossen Anerkennung, und die Leichtigkeit des Lebens umgab uns überall. Die Polizei stoppte sogar mitten in Bukarest den Autoverkehr, damit ich mit meinem Auto vom Bürgersteig auf die vierspurige Fahrbahn fahren konnte. Trotzdem fühlte ich mich eingeengt in dieser von Menschen missbrauchten Ideologie. Abgesehen davon durfte man gar keinen Kontakt mit dem Westen haben, wenn er nicht von der Partei angeordnet wurde.

Meine Jugend, muss ich schon zugeben, war abenteuerlich, schön und gleichzeitig von der Natur und den Menschen verwöhnt, bis zu dem Moment, als mein Vater starb. Ich war erst einundzwanzig Jahre alt und die Welt brach für mich zusammen.«

»Ohhh!«, hörte man die traurigen Frauenstimmen.

»Ja, es war und es wird für immer sehr traurig bleiben. Denn er war mit seinen achtundvierzig Jahren zu früh von uns gegangen. Ein paar Monate später erlebte ich in der fünften Etage eines neunstöckigen Gebäudes in der Piața Romană eines der stärksten Erdbeben, mit 7,4 auf der Richterskala. Das Haus wackelte erst seitlich, dann nach vorne, dann wieder seitlich. Meine Mutter und ich, mit meinem Baby im Bauch, haben uns unter den Türrahmen in der Küche gestellt und daran festgehalten. Wir haben gedacht, dass der Boden sich entzweit und wir vom fünften Stock direkt durch die Erde hinunterfallen. Ich bat meinen verstorbenen Vater um Hilfe. Er sollte mein ungeborenes Baby, meine Mama und mich retten. Das war die Verbindung, die ich in diesem Moment ausgewählt hatte. Mein Hilferuf war unheimlich, rührend und schockierend zugleich. Im ganzen Haus, in allen neun Stockwerken, haben sich bis zu drei Zentimeter große Risse aufgetan. Mauerstücke fielen runter und verletzten meine Oma. Die Menschen liefen in Panik die Treppen runter in die Dunkelheit. Alle Lichter waren aus. Stellt euch eine Großstadt wie Berlin ohne Lichter vor. Manche Leute hielten Kerzen in der einen und ein Kind an der anderen Hand oder auf dem Arm. Wir trafen uns mitten im Kreisverkehr. Es war Mitte März und viele standen zitternd in Nachthemden da, ungefähr um 22 Uhr am Abend. Mit nackten Füßen, erschreckt, schockiert, schreiend, saßen und standen sie im Dunkeln auf dem kalten Asphalt. Wir waren eingequetscht zwischen riesigen Menschenmengen, halbierten Blockhäusern und ganzen Ruinen. Manche liefen verzweifelt im Lichterrausch der Krankenwagen hin und her. Der lauwarme, frühlingshafte Märztag hatte sich in eine kalte, verzweifelte Nacht verwandelt, die nach Tod roch. Aber erst bei Tageslicht wurde das ganze Desaster sichtbar und die Menschen fingen an, nach Freunden und Verwandten zu suchen. Es hatte ausgesehen wie im Krieg. Trümmer, halbe Häuser, Menschen, die sich im dritten Stock in Schockstarre an Wasserrohren festhielten. Man hörte Schreie, Weinen, Jammern, und man sah Tränen, schockierte, steife Menschen. Menschen mit blassen, weißen Gesichtern und weit aufgerissenen, erschrockenen Augen. Menschen voller Blut und Wunden. Die Frage war, wer hatte überlebt und wer nicht?«

»Oha, ich will gar nicht wissen, wie es war.«, sagt

Elena.
»Schau, ich habe Gänsehaut.«, sagt Lydia und ihr Gesicht spricht Bände.
Lia erzählt schnell weiter, als ob sie spürt, dass die Kräfte sie verlassen.
»Deutschland hatte uns Zelte gespendet. Aber kein Mensch hat ein Zelt bekommen. Stattdessen, Monate später, waren die Zelte im Schaufenster zu sehen und zum Verkauf angeboten«, fährt Lia mit ihrer Geschichte fort.
»So, jetzt reicht's damit.«, sagt Lia energisch.
Es war, als ob sie alles noch einmal erleben würde.
»Nein, erzähl weiter!«, rufen die Frauen zusammen.
»O.K., aber ich erzähle euch von etwas anderem, ja?«, antwortet Lia leise und mit Tränen in den Augen.
Ihre tiefen schwarzen Augen spiegeln ihre Trauer deutlich wider.
»Wie du willst, aber erzähl! Ich könnte dir tagelang zuhören.«, spricht Maria für alle.
»Na gut. Jetzt aber zeige ich euch ein bisschen Politik. Wir bewegen uns auf dem politischen Parkett, Mädels!«
»Wir sind ganz Ohr.«, sagt Elena enthusiastisch.
Lia steht auf und fängt an zu sprechen, wie ein Politiker der eine Rede hält.
»Obwohl alle engsten Mitglieder meiner Familie hohe Positionen auf ihrer Arbeit innehatten, war keiner von ihnen Mitglied in der kommunistischen Partei. Mein Vater zum Beispiel war im Kultusministerium und in der Akademie beschäftigt, mit geheimen Funktionen und einem Siegel an der Tür. Und ich war ein Rebell

und konnte meinen Mund nicht halten. Vielleicht war ich auch ein wenig verwöhnt, ich fühlte mich bei meinen Eltern und Großeltern sicher. Ich kritisierte das damalige Regime. Solange mein Vater lebte, traute sich keiner, gegen mich etwas zu unternehmen.
Weil sich die politische Situation für mich später sehr negativ entwickelte, musste ich nach einem Ausweg suchen. Ich fand ihn in einem Freund meines verstorbenen Vaters, der Akademiker und im Kultusministerium tätig war und verantwortlich für Auslandsangelegenheiten. Da er für mich ein gutes Wort bei der Polizei eingelegt hatte, konnte ich eines Tages meinen Freiheitspass abholen.
Die Gefahr wurde so groß, dass ich, egal wie, raus aus Bukarest, raus aus Rumänien, Richtung Cousine, Richtung Deutschland musste. Der Wunsch und die Notwendigkeit waren da, nur die Papiere nicht, um ausreisen zu können.
Wie gesagt, ich beantragte bei der Polizei meinen Reisepass für Deutschland. Allerdings war es sehr fraglich, ob ich dieses Stück Papier bekomme, sogar so gut wie unmöglich. Denn meine Cousine schickte mir zwar eine Einladung, aber keine 300 DM. Die guten Taten meines Vaters wurden schnell vergessen. Diese Summe hätte ich aber benötigt, so besagte es damals das rumänische Gesetz.
Eines Nachts träumte ich von meinem Vater, der schon vor ein paar Jahren verstorben war. Wir saßen uns gegenüber im Zug oder einer Straßenbahn. Mein Vater beugte sich zu mir und streichelte meine Hand, lächelte und sagte:

„Mein Schatz, Lia, ich freue mich, dass du weggehst!“
Als ich sieben Jahre später meiner Mutter von dem Traum erzählte, sagte sie:
„Warum hat er nicht gesagt, du sollst zurückkommen?“«
»Deine Mama war aber auch witzig!«, lacht Maria.
»Ja, das war sie. Tatsache ist, dass am Nachmittag die Benachrichtigung im Briefkasten lag, dass ich meinen Pass bei der Polizei abholen sollte. Es war vollbracht, ich hielt die Nachricht über die Freiheitsgenehmigung in der Hand. Das war aber nicht die erste Nachricht, die ich im Traum von meinem Vater bekommen hatte.
Jedes Mal sagte er zu mir im Traum:
„Ich werde euch immer beschützen.“
Tatsache ist, dass er meiner Mama nicht ein einziges Mal im Traum erschienen ist, bis kurz vor ihrem Tod.
Sie war damals 77 Jahre alt.
Nach dem Traum sagte sie mir:
„Lia, dein Vater hat lange genug auf mich gewartet, ich muss gehen und schauen, was er dort so treibt. Jetzt habe ich von ihm geträumt. Das ist ein Zeichen.“
Ich muss erwähnen, dass mein Vater zu Lebzeiten ein schöner, stolzer Mann und ein Gentleman der alten Schule gewesen war, mit Handkuss und allem was dazu gehört. Obwohl alle sagten, dass er ganz einfach nur „ganz toll lieb" war. Es dauerte nicht mehr lange nach dem Traum, bis Mama ging. Ein Tag bevor sie starb, lächelte sie geheimnisvoll, als sie schon wusste, wie es drüben ist.
Bevor sie starb, winkte sie mit ihrer Hand und sagte:
„Mama, ich komme!“

Bei ihrer Beerdigung flogen viele weiße Tauben über ihr Grab, bis sie heruntergelassen wurde. Danach verschwanden sie wie von Geisterhand.
Bis ich in Deutschland war und mein Kind später zu mir holen durfte, lagen viele Hindernisse und Steine auf meinem Weg. Eines Nachts schlief ich mit dem Bild meines Kindes an meiner Wange und fließenden Tränen auf dem Kissen ein.
Ich bat meinen Vater, mir zu helfen, mein Kind zu mir zu holen. Er erschien mir, wie schon so oft, wenn er mir etwas mitteilen wollte, in meinem Traum und auch dieses Mal sagte er zu mir:
„Sei nicht mehr traurig, es ist alles gut und es wird alles gut werden!“
So geschah es auch. Er half mir wie immer, wenn er mir im Traum erschienen war.
Nach einem Beinahe-Zusammenbruch und einem langen Kampf mit den Behörden, ganz nach dem Motto „Schickt ihr mich durch die Tür raus, komme ich durchs Fenster wieder zurück“, dauerte es nicht mehr lange und ich hielt in meinen Armen, mit einem unbeschreiblich erfüllten Gefühl, mein Kind. Der Chef des Ausländeramtes persönlich half mir. Er war zuvorkommend, nett, feinfühlig. Ganz einfach gesagt, er war ein Gentleman der alten Schule. Ein Familienvater, der mich schätzte und sofort verstanden hatte, wie und wer ich bin, und was ich will, als ich über die Liebe zu meinem Kind sprach. Es war, wie gesagt, ein Kampf, aber ich traf sehr viele Menschen, die mir gutgesinnt gewesen waren.
Einen Traum, den ich nie vergessen werde, hatte ich

kurz vor meinem großen Autounfall, als ich gerade unterwegs zur Arbeit war. Meine verstorbene Großmutter, die Mutter meines Vaters, erschien mir im Traum zusammen mit seiner ebenfalls verstorbenen Schwester. Beide lagen auf Krankenhausbetten mit Rädern. Ich lag neben den beiden auf einem weiteren Bett. Ich schaute nach links und die beiden drehten die Köpfe gleichzeitig zu mir und schauten mich an. Sie lächelten.

»Nein, ihre Zeit ist noch nicht gekommen.«, sagte meine Tante.

»Nein.«, sagte meine Oma.

»Noch lange nicht.«

Dann schauten sich die beiden an, wiederholten den Satz und danach hatte sich die Traumszene geändert. Ich stand dieses Mal vor meinen Großeltern, väterlicherseits. Wohlgemerkt, ich durfte meinen Großvater nie kennenlernen, denn er starb sehr jung im Krieg. Meine Oma erzählte uns nie von ihm oder von seinem Tod. Sie hatte uns nur vom älteren Bruder meines Vaters erzählt. Er war Journalist und starb, erschossen vom Geheimdienst, auf der Straße, nur wenige Schritte vom Haus entfernt. An der Wand in ihrer Küche hing deutlich sichtbar ein Lobartikel über seine Dienste und seinen Tod, als ob nichts gewesen oder passiert wäre. Sie selbst war Priestertochter und mein Opa hatte sie entführen müssen, denn ihr Vater war nicht einverstanden. Sie gehörten der Bourgeoisie an. So, jetzt gehen wir zu meinem Traum zurück. Wir waren in einem Tunnel. Dort, wo wir standen, war es stockdunkel, hinter mir das helle, wunderbare,

unbegreifliche Licht. Manche Menschen kennen dieses Licht von Nahtoderfahrungen. Meine Großeltern nahmen meine Hand, streichelten sie, schauten mich an und sagten:
»Sie ist so schön!«
Ich sagte daraufhin:
»Ihr seid schön, und so jung!«
Meine Oma hielt meine Hand fest. Ich drehte mich um mit einem komischen Gefühl der Angst, dass meine Oma mich dortbehalten möchte. Als ich mich umdrehte, sah ich meine Eltern. Also Tod und Leben zusammen. Von allen war nur meine Mutter als einzige am Leben. Ich sagte:
»Ich muss zu meinen Eltern gehen, sie warten auf mich!«
Ich löste mich von Omas und Opas Händen und fing an, zum wunderbaren Licht und in Richtung meiner Eltern zu rennen. Auf einmal war ich wach. Ich fühlte immer noch die Hand meiner Oma. Es war so erschreckend real und gleichzeitig ein wunderbares, erfüllendes und warmes Gefühl.
Am nächsten Tag, immer noch von zu viel Arbeit und Übersetzungen erschöpft, fuhr ich wie immer morgens mit meinem Auto zur Arbeit und bemerkte eine Wespe auf meinem weißen Kleid. Ich drückte auf den Fensterheber und das Fenster fuhr langsam runter. Ich hob mein Kleid an und schüttelte es Richtung Fenster, sodass das kleine Biest wegfliegen konnte. Ich dachte, es sei mir gelungen, die Wespe loszuwerden, und ich schloss das Fenster. Als ich noch mal nach unten schaute, fiel mein Blick auf mein Knie und die Wespe,

die dort saß. Ich erschrak und wollte das Fenster wieder öffnen, aber ich konnte gar nichts mehr machen, denn die Straße war eng und ich fuhr schon mit meinem Auto über einen Graben auf einen Hügel zu, über ein Bäumchen und in einen anderen Baum und blieb dort auf dem Hügel stecken. Wie bei der EXPO.«

Lia lacht und ihre langen schwarzen Haare verhüllen einen Teil ihres Gesichtes. Ihre roten Lippen lassen den weißen Zähnen den Vortritt. Ihre Schönheit ist atemberaubend.

»Ach Lia, es ist ernst, nicht zum Lachen.«, spricht Elena richtig erschreckt.

»Na gut, wollt ihr weiter hören, was passiert ist?«, fragt Lia und kennt schon die Antwort.

»Was für eine Frage, Lia! Sicher wollen wir das.«, antwortet Lydia besorgt darüber, dass Lia mit ihrer Erzählung aufhören könnte.

»In meinem Schockzustand stieg ich aus und dann direkt wieder ein, mit dem Wunsch, weiterzufahren, denn die linke Seite des Autos sah an sich ganz normal aus. Erst als ich durch das Autofenster schaute, wurde mir der Totalschaden auf der rechten Seite bewusst. Und in dem Moment merkte ich auch erst, dass ich während des kurzen Augenblicks der Machtlosigkeit an meine Mama gedacht und instinktiv nach der Ikone an meinem Hals gegriffen habe, die ich von meiner Oma mütterlicherseits bekommen hatte. Darauf stand geschrieben: Heilige Maria bete für uns. Es ist ein wunderschöner Porzellananhänger in Goldfassung, den auch meine Urgroßmutter getragen hatte. Ich hatte nur ein wenig Schmerzen an meinem linken Knie, und später bekam ich einen steifen Hals. Sonst hatte ich nichts. Meine Oma und meine Tante hatten mir schon im Traum prophezeit, dass ich mit dem Leben davonkomme und mir nichts passieren wird und ich lange leben werde. Danke! Eure Botschaft ist angekommen.«

»Lia, du strahlst so. An deiner Stelle wäre ich richtig erschrocken.«, sagt Elena.

»Na klar, ich lebe ja noch.«, lächelt Lia zufrieden.

»Wenn ihr noch Geduld und Zeit habt, werde ich euch jetzt über noch einen Traum berichten.«

»Ja, bitte, Lia, erzähl uns weiter!«, sagt Lydia.

»Ich will gar nicht mehr weggehen.«, fügt Elena hinzu.

»O.K., dann weiter! Ich erzähle euch von einem weiteren Traum. Er ist kürzer, versprochen.«, sagt Lia.

Die Freundinnen reiben sich die Hände aus lauter Freude. Sie sind aber mucksmäuschenstill.

»Man muss nicht nur auf die Träume achtsam sein, sondern auch auf sein Bauchgefühl hören. Es täuscht uns nie.

Die Fähigkeit, Zeichen zu interpretieren, Formen zu entziffern und ihnen einen Namen zu geben, oder Taten, die daraus entspringen, zu erklären und verständlich zu machen, ist eine Gabe. Und nicht viele besitzen sie.

In unseren Gedanken, in unserem Sein haben wir auch Grau, Rot, Gelb oder Grün. Lassen wir doch alle Facetten unserer Seelen strahlen! Das sind Fähigkeiten, die nicht mit mathematischen Formeln oder chemischen Analysen erklärt werden können. Es gibt Energien, die unsere Seelen ausmachen, die uns begleiten und uns ein

Leben lang helfen. Man muss nur daran glauben. Und man tut keinem weh damit.«
»Wie recht du hast, Lia.«, rufen die Frauen.
»Unsere Fähigkeiten sind eigentlich aber viel, viel größer. Wir haben verlernt, unser Gehirn zu trainieren, auf die Instinkte zu hören und die Telepathie zuzulassen. Wenn man an die Seelen glaubt, kann dadurch erreicht werden, dass man leichter mit dem Tod eines geliebten Menschen umgehen kann.
Das Kaffeesatzlesen ist eine Gabe, die ich von meiner Großmutter über meine Mutter geerbt habe. Meine Lieblingstante hat zum Beispiel die Gabe, in den Karten zu lesen. Die Quote ist 100%. Diese Fähigkeiten liegen in unserer Familie. Ich möchte euch jetzt ein paar Beispiele meiner Leserei im Kaffeesatz zeigen. Ihr wisst jetzt ungefähr, wie es geht. Manchmal werde ich mich in meinen Erzählungen wiederholen, ist das schlimm?«
»Nein, nein, wir sind so neugierig. Erzähl weiter!«, bittet Elena laut, sodass Lia eindeutig verstehen soll, dass sie weitererzählen muss.
»Über Lappalien können wir uns ein anderes Mal unterhalten.«, sagt Lydia.
»Gut, dann weiter. Ich war 23 Jahre alt und meine Freundin und ihre Mama hatten mich angerufen und gesagt:
»Komm doch mal bitte vorbei und lies uns im Kaffeesatz. Wann kommst du? Kommst du jetzt?«
Ich antwortete:
»Na klar komme ich, bis gleich.«
Ich nahm mein Kind auf den Arm und wir gingen die

beiden besuchen. Ein Zuckerchen von einem Kind, ein schönes Mädchen mit großen rehbraunen Augen, blonden Locken, damals erst ein Jahr alt. Ich sage das nicht nur, weil ich die Mutter bin, sondern weil andere Leute sie so beschrieben haben. Sie ist schon mit sechs Monaten an der Wand entlanggelaufen, bis zum Zimmer ihrer Urgroßeltern. Sie sprach schon mit einem Jahr ein deutliches „R“ aus.

»Deine Tochter ist wunderschön.«, ergänzt Elena.

»Ja, stimmt, Elena.«, sagt Lia stolz.

»Der Empfang war wie immer großartig und warmherzig. Meine Freundin ist die Tochter eines Ministers, und ihre Mama war Professorin. Ich erzähle euch, was sie tun, um euch besser zeigen zu können, dass meine Fähigkeiten sehr geschätzt wurden. In einer gemütlichen, familiären Atmosphäre tranken wir Kaffee. Danach kann die Märchenstunde anfangen. Ich nenne es so, denn das Ergebnis kann schön oder weniger schön sein. Am Anfang frage ich daher genau nach, ob diejenige Person alles erfahren möchte. An diese Wünsche muss ich mich strikt halten. Ich möchte keinem mit unschönen Nachrichten wehtun. Ich will nur strahlende Gesichter sehen. Leider gelingt mir das nicht immer. Jetzt gehen wir wieder zurück zu meiner Freundin. Ich fing an zu deuten:

»Du wirst eine Königin sein, aber ohne Krone. Dein Vater wird schwer krank werden, aber ohne Krankheit. Seine Seele leidet. Deine Eltern werden bis auf einen Schritt vor dem Scheidungsrichter stehen. Sie werden sich aber nicht scheiden lassen. Es wird alles gut mit den beiden. Du wirst, wenn du älter bist, krank sein. Du kommst ins Krankenhaus, aber auch nicht wegen einer großen Krankheit. Danach wird alles gut sein, aber trotzdem anders als bisher.«

Dass sie viele Wege machen wird, schöne Wege mit viel Freude und Glück, las ich auch in dem Kaffeesatz. Die Ergebnisse der Lesung haben sich später als wahr herausgestellt.

Ihr Vater wurde von seiner Funktion als Minister abgesetzt. In einer Zeitschrift wurde sie interviewt und erwähnte mich, ohne meinen Namen zu nennen. Sie sagte, dass eine Freundin ihr früher im Satz gelesen hätte und dass alles was sie sagte, also ich, wahr geworden sei. Sie war auf dem Gipfel des Erfolges angekommen. Das Leben, das sie führte, war das einer Königin ohne Krone.

Ich glaube, diese Beispiele meiner Fähigkeiten lassen manchen die Haare zu Berge stehen.

Ein anderes Beispiel wird euch ebenfalls erstaunen und Freude bereiten zugleich. Als wir, mein Mann und ich, 26 Jahre alt waren, spielte er im Verein Fußball. Die Spielerfrauen trafen sich sonntags zu Kaffee und selbstgebackenem Kuchen und dem unausweichlichen Klatsch und Tratsch. Wir waren die „Gossip Girls“.«

»Ach, das sind wir!«, lachen die drei Frauen laut und vergnügt.

»An einem sonnigen Sonntag war ich an der Reihe mit Kuchenbacken und die Fußballerfrauen kamen eine nach der anderen zu uns nach Hause.«

»Was du nicht sagst, Lia! Du bist auch humorvoll, was?«, sagt Maria laut lachend.

Alle lachen vergnügt.

»Ich fange an mich zu wiederholen:
»Du wirst ein Kind bekommen. Du bist nicht schuld. Du musst noch einmal zum Arzt, zusammen mit deinem Mann. Bei ihm liegt das Problem, nicht bei dir.«
Ich hatte ihr noch mehr erzählt, aber das war das Wichtigste. In dem Moment glaubte sie mir nicht. Ich weiß, dass die Frauen…«, Lia zwinkerte ihnen zu, »mir damals auch nicht glaubten.«
»Doch, wir glauben dir. Auch wenn du uns noch einmal erzählst, klingt es immer noch aufregend und sonderbar.«, sagt Elena sichtlich aufgeregt und alle bejahen das gemeinsam.
»Es ist O.K., auch wenn ihr mir nicht glaubt. Es ist wirklich gut. Aber wenn sich etwas verwirklicht, sagt ihr mir bitte Bescheid?«
»Auf jeden Fall. Das ist doch logisch. Allemal!«, rufen alle nacheinander.
»Also, ich muss euch sagen, dass dieser Nachmittag sehr schön und auch lustig war. Lia, du hast auch Humor und das gefällt mir sehr.«, sagt Elena dankbar.
»Danke, Lia! Deine Geschichten waren für uns haarsträubend, unglaublich, angsteinflößend und wunderschön zugleich. Nächstes Mal kommt ihr zu mir, ja?«, sagt Maria mit hoffnungsvollen Augen.
»Sehr gerne.«, antwortet Lia.
»Und du liest mir auch im Kaffeesatz, ja? Ich glaube, obwohl ich ein wenig Angst habe, dass du eine weiße Hexe bist. Stimmt's?«
Maria schaut Lia erwartungsvoll an.
»Wenn du möchtest, gerne. Es könnte sein, dass ich ein

Gedankentransporter, eine weiße Hexe, oder sogar eine Seherin bin. Egal, wie man das nennt, ich glaube, dass alle Menschen, die sehr sensibel und offen für die unerklärlichen Dinge sind, sich so nennen können. Sie können sich aber auch Mentalisten, Zauberer, Hypnotiseure nennen.«, antwortet Lia schmunzelnd.
»Ja, so machen wir's.«, stimmen Elena und Lydia zu. "Wir vertrauen dir voll.«
»Dankeschön.«, antwortet Lia sichtlich gerührt.
»Jetzt müssen wir aber gehen. Bald sind die Männer schon zu Hause. Ihr wisst, wie sie sind:
»Schatz, ich habe Hunger. Schatz ich bin so müde, bringst du mir eine Flasche Bier? Schatz, gehen wir jetzt ins Bett?«, spricht Lydia theatralisch.
Alle lachen vergnügt. Die drei Frauen stehen auf, gehen zur Garderobe, ziehen die Mäntel an, umarmen Lia nacheinander und geben ihr einen Kuss. Lia macht die Tür auf.
»Es war sehr schön, ich danke euch.«, sagt Lia mit ihrer sanften Stimme.
»Wir danken dir. Wir können den nächsten Sonntag kaum abwarten. Tschüss und bis bald, Lia!«
Julien kommt direkt nachdem Lia die Tür zugemacht hatte herein.
»Schatz, ich bin schon da. Ach, ist das schön, dich anzuschauen und dich in meinen Armen zu halten. Wo waren wir geblieben?«
»Du Charmeur!«, antwortet Lia angetan von seinen Worten.
»Ich dachte, dass eines der Mädchen etwas vergessen hat und nicht, dass du schon zurück bist.«

»War es schön mit den Mädels?«
»Ja, sie wollten alles von mir und über mich wissen. Alles, was ich kann, und woher ich komme. Es war unheimlich, ihre Neugier. Ich konnte sie aber stillen.«
»Wirklich? Es wundert mich aber nicht, denn du bist wunderbar, mit deinem langen schwarzen Haar und deiner geheimnisvollen Aura.«
»Du siehst mich so, weil du mich liebst, du mein größter Held. Du wirst mich immer so sehen, auch in Zukunft. Ach, ist das so schön und gemütlich bei uns.«
Die beiden schauen sich erwartungsvoll an. Sie fangen mit sehnsüchtiger Lust an sich auszuziehen, erst selbst, dann gegenseitig. Sie gehen sensitiv und glücklich Hand in Hand ins Schlafzimmer. Man hört nur leises Kichern. Die Stille der Nacht spricht über ihre Liebe mit stöhnenden, wilden Geräuschen. Danach kommt nur Stille und leise Liebesgeständnisse:
»Ich liebe dich, mein Schatz!«
»Ich dich auch über alles!«
Die Zeit vergeht wie im Fluge und nach ein paar Monaten kommt Julien eines Tages von der Arbeit nach Hause und sagt zu Lia:
»Weißt du, wen ich getroffen habe?«
»Nein, weiß ich nicht, aber du sagst es mir bestimmt gleich.«
»Ich habe Elena getroffen. Du hast ihr im Kaffeesatz gelesen, hat sie mir gesagt.«
»Ja, und weiter?«, sagt Lia ungeduldig und neugierig.
»Tja, sie sagte, ich soll dich küssen, denn alles, was du gesagt hast, stimmte. Die Spermien ihres Mannes waren zu langsam und er hat eine Behandlung

bekommen. Er musste einen Monat lang jede Woche eine Spritze bekommen, und danach hat es geklappt. Dann hat sie ihren Mantel aufgemacht und gesagt: »Schau, ich bin tatsächlich schwanger. Wir erwarten unser erstes Kind.«
Sie strahlte übers ganze Gesicht und bedankte sich noch einmal. Hey, Frau, du bist bei den Fußballfrauen jetzt eine Heldin! Sie sagen, du bist eine weiße Hexe, die nur Gutes bringt! Du bist ihre Heldin, wirklich, und ich bin ungemein stolz auf dich, mein schöner Schatz.«
»Ich hatte öfter mal verschiedenen Menschen im Kaffeesatz gelesen und die Reaktionen waren so verschieden wie die Menschen selbst.
Weißt du noch, als die Karina, meine Arbeitskollegin, zu mir sagte:
„Du sollst mir nie mehr im Kaffeesatz lesen. Es ist genauso eingetroffen, wie du gesagt hast. Ich will nichts mehr über die Zukunft wissen. Ich habe Angst!“
Weißt du, das ist auch ein Wunsch, an den ich mich halten muss. Genau so habe ich mich den Mädels gegenüber auch ausgedrückt. Ob man etwas vorher erfahren möchte oder nur wenig oder gar nichts davon, all dies sind Wünsche von Mitmenschen und wir müssen uns an diese halten, egal ob es um Kaffeesatzlesen, Kartenlegen oder das Leben an sich geht. Habe ich recht?«
Lia wartet ungeduldig auf Juliens Antwort. Er zieht sie ins Bett.
»Ich persönlich empfinde dies als die schönste Gabe, die ich von meinen Vorfahren bekommen habe, glaube mir! Ich trage sie mit Würde und ich hoffe, noch mehr

Menschen mit guten Nachrichten glücklich machen zu können.«, spricht Lia leise und nachdenklich.
»Das wirst du, mein Schatz, das wirst du auf jeden Fall, du meine schöne, weiße Hexe! Dein Gedankentransport ist voller Überraschungen.«
Lia ist zufrieden und glücklich über seine Antwort. Sie drückt ihre sensuellen Lippen auf seinen Mund und gibt Julien einen innigen Kuss.
Mit strahlendem Gesicht sagt sie dann:
»Deine Lippen fühlen sich wie früher an, immer noch richtig echt. Ich liebe dich über alles, mein Schatz.«
»Ich dich auch, meine wunderbare Frau.«
»Soll ich dir weitererzählen oder dich küssen, oder...?«, spricht Lia leise und nachdenklich. Sie legt ihre Arme über seine Schulter.
»Psst, lass uns diesen Moment genießen.«, antwortet Julien.
»Siehst du meine Augen?«, fragt Julien weiter und schaut Lia tief in die Augen.
»Ja. Sie sind wunderschön. Sie sind dunkelbraun.«, antwortet Lia zärtlich.
»Nein, mein Schatz, sie sind voll mit Liebe für dich.«
»Jetzt können wir richtig einschlafen.«, sagt Lia glücklich und zufrieden.
Sie steigt aus dem Bett und zieht ihr transparentes Nachthemd an.
»Du denkst, so kann ich jetzt richtig einschlafen?«, spricht Julien mit wollüstiger Stimme.
Die Zeit vergeht mit den Jahren wie im Flug, die Nächte sind mal kurz und mal lang. Die Tage sind voll mit Überraschungen und die Nächte mit aufregenden

Ereignissen. Die Berge und Meere des Lebens lassen ihre Haare weiß werden. Durch seine telepathischen Augen sieht er sie aber immer noch so wie früher. In ihrem Bildlich-Gedankenmeer sitzen Lia und Julien auf einer Bank auf einer traumhaft grünen Wiese und schauen liebevoll ihre glücklichen, schönen Enkel an.
»Das Leben ist lebenswert, mein Schatz, sogar in Gedanken! Und du, mein Schatz, bist auch auf dem Gedankenflügel jung geblieben.«, hört man Lias zittrige Stimme.
»Ja, Lia, du hast recht, wie immer. Schau, unsere Tochter holt die Enkel ab und winkt uns herzlichst. Sie laufen so zart über den Boden wie ein Schmetterlingstanz, leicht, bunt und strahlend.«
Die schönen, liebevollen, alten Gesichter stützen sich gegenseitig, und ihre Hände, voller weiser Falten, halten sich gegenseitig fest. Sie erzählen von ihrem Leben, mit Höhen und Tiefen, aber noch mehr von ihrer großen Liebe.
»Erinnerst du dich noch an meinen Traum, mein Schatz?«, fragt Lia mit ihrer ruhigen Stimme. Sie hört sich wie ein Echo an.
»An welchen Traum?«, fragt Julien neugierig zurück.
»An den Traum, als ich mit 24 Jahren, schon bevor wir uns kennengelernt haben, von dir träumte. Ich lief auf einem Weg und links war Paul, mein bester Freund, und rechts standst du. Ich habe euch angeschaut und ich bin regelrecht in deine Arme gerannt. In meinem Traum hattest du noch einen dichten, kräftigen Bart, genauso wie du ihn getragen hast, als ich dich das erste Mal sah.«

Lia schaut Julien tief in die Augen und ihre Blicke schmelzen in Erinnerungen der Liebe.
»Ich weiß es noch, meine Lia. Als du mir davon erzählt hast, da waren wir schon beinahe vier Monate zusammen.«, bekräftigt Julien seine Aussage.
»Ich wünsche mir, dass wir Hand in Hand für immer aneinandergeklebt bleiben.«
Lia stellt sich schon in Farben vor und lächelt.
»Erinnerst du dich an die Fußballerfrauen?«, fragt Lia weiter.
»Na klar, und wie! Was ist damit?«, antwortet Julien neugierig.
»Sie haben bis heute nicht gecheckt, dass ich Fee bin.«
»Das war doch in unserem Sinn. Die Erinnerungsgedanken sind wunderschön.«
Beide schauen sich an und die Falten vermehren sich durch das Lächeln. Sie sind zufrieden.
Lia ist glücklich und die Sonnenstrahlen reflektieren in ihrem weißen Haar.
»Lia, meine Lia, meine bezaubernde, geheimnisvolle Lia, ich liebe dich für immer und ewig.«
»Du hast schon wieder recht, mein wunderbarer Schatz, wie immer. Siehst du, die Zeit fliegt mit dem Wind um die Wette und jetzt ist es schon dunkel geworden. Sogar das Universum begleitet uns und mit seinen Millionen von Sternen lächelt es uns an.«, spricht Lia richtig berührt.
»Lia, wir haben nicht mal bemerkt, dass wir Hand in Hand über die unsichtbare, überdimensionale Anderswelt in die Ewigkeit eingetreten sind. Wir sind jetzt in Ewigkeit verbunden. Ist das nicht himmlisch?«,

schickt Julien die schönsten Gedanken an Lia.
»Komm, lass uns gute Gedanken an alle senden! Wir liegen in Gedankenwellen auf dem schwebenden Bett auf dem Larah-Nova-Planeten und wir können uns immer noch dank dieser Energiegedanken die Erinnerungen aufrufen. Jetzt haben wir schon das Jahr 3030. Wenn das mit den telepathischen Fähigkeiten genau so bleibt und weitergeht, können wir bestimmt als Gedankenpartikel auf der Energiewelle im Universum mit den Kindern und Enkeln genauso gut weiter kommunizieren.«, beendet Lia ihre nostalgische Aussage.
»Und wenn wir Schwierigkeiten mit der telepathischen Kommunikation haben, rufen wir Fee. Sie hilft uns bestimmt. So sagen es doch alle. Ach, ich vergas, ich habe sie doch immer und ewig bei mir.«, führt Julien lächelnd seine spaßigen Gedanken fort.
Er schaut Lia, seine Fee, liebevoll an und streichelt zärtlich ihr Gesicht.
»Wie recht du hast, mein Schatz, wie recht du hast.«, antwortet ihm Lia-Fee.
In der Stille der Nacht empfängt Fee alle Gedankenwünsche.
Sie lächelt zufrieden und glücklich.
»Meine Mama und meine Oma haben immer Zeit für mich gehabt. Ich werde auch immer Zeit für meine Kinder und Enkelkinder haben. Und es liegt auf der Hand, ganz viel Gedankenenergie werde ich für dich, mein Schatz, einplanen.«
»Ich weiß das.«, antwortet Julien strahlend.
»Und für euch, meine Gedankenfreunde, werde ich

mich bemühen, immer einen guten Gedankenrat zu haben. Ich werde eure Rufe überall empfangen und besonders im Seelenblasenlift.«

Ihre Gedanken durchdringen das ganze Universum wie der Rauch der weißen Wolken.

Fee sagt:

»Das ist unsere Zauberecke, hier sind wir zuhause. Nur zusammen werden wir, die Gedankentransporter, der Menschheit helfen können. Meine besonderen Gedanken findet ihr immer und überall. Sie sind genau so echt wie die Erde, auf der ihr früher gelaufen seid und die ihr gespürt habt oder manche von euch immer noch spüren. Und sie sind genauso außergewöhnlich, wie der Geruch der blühenden Blumen im Frühling.«

Kapitel IV

Sieben Tage Sehnsucht

Denn meine Gedanken
Zerreißen die Schranken
Und Mauern entzwei,
Die Gedanken sind frei.

erstmals veröffentlicht um 1780

Quelle: Brentano/Arnim, Des Knaben Wunderhorn. Alte deutsche Lieder, 3 Bde., 1805-1808. Band 3, Erstdruck: Mohr und Zimmer, Heidelberg 1808. Aus "Lied des Verfolgten im Turm"

Wenn wir einen Schritt machen, muss uns bewusst sein, dass unser Schicksal sich in genau dieser Sekunde ändert, in genau diese Richtung, in die wir den Schritt machen. Egal, ob wir danach etwas ändern wollen, es ist später nicht mehr möglich. Wir können die Zeit nicht mehr zurückdrehen. Jetzt stehe ich auf der Terrasse, winke ihm, lächle, hebe meine Arme über den Kopf in Form eines Herzens, schicke ihm herzhaft und voller Inbrunst Küsse. Mein lieber Mann schaut herauf, lächelt mich an, hebt einen Arm über seinen Kopf in Form eines halben Herzens, denn mit seinem anderen Arm trägt er seinen Koffer. Mein größter Schatz schickt mir genauso herzhafte Küsse durch die Luft.
Seine Mimik sagt mir:
„Ich will weg und gleichzeitig will ich nicht gehen." Seine orangene Tasche mit dem Tablet trägt er über der Brust, seinen Koffer zieht er geduldig hinter sich her, wie immer, und der Rucksack mit dem Essen und Trinken zieht seine Regenjacke um die Schultern ein wenig nach unten. Er macht ein paar weitere Schritte, entfernt sich von mir und schaut irgendwann nicht mehr zurück. Er wird kleiner und kleiner. Sein liebes Lächeln verschwindet. Ich kann kaum noch seine lieben Augen sehen. Ich habe aber, Gott sei Dank, seinen Geruch noch in der Nase. Ich ziehe mich zurück ins Wohnzimmer, gehe ins Büro, setze mich auf den Bürostuhl, schalte den Computer an, und bis es mir der Bildschirm erlaubt, mein Passwort einzugeben, schaue ich in die Leere, gerade aus, auf 60 mal 30 Zentimeter, in den schwarzgrauen Bildschirm, minutenlang. Seit wann schaue ich so in die Leere? Wie viel Zeit ist

vergangen? Ich weiß es nicht, und will es auch nicht wissen. Mein Blick vertieft sich und die Gedanken kreisen in meinem Kopf. Ich bin ein Jammertal. Mich würde jetzt niemand mehr erkennen. Von meiner bekannten Fröhlichkeit ist nichts mehr übrig. Einmal hat mir jemand gesagt, dass, wenn man anfängt im Kreis zu tanzen, man weiter tanzen muss, ob man will oder nicht. Derjenige hatte recht gehabt. Vor ein paar Jahren habe ich ein einziges Mal ja gesagt.
Es klang so:
»Mein Schatz, wenn du willst, kannst du selbstverständlich mit unserem Freund Frank für acht Tage in Urlaub fahren.«
Damals hatte ich seine Freude gespürt.
Seine Begeisterung sprang mir ins Gesicht. Sein Wunsch, wegzugehen, berührte direkt meine Seele. Er will weit, weit weg von zu Hause, vom Alltag und den dazugehörigen Problemen, oder vor kleinen oder größeren Schwierigkeiten weglaufen. Jetzt will ich auch weglaufen, vor meiner Einsamkeit. Ich weiß haargenau, dass er nicht vor mir wegläuft. Wir lieben uns schon seit über dreißig Jahren. Unsere Liebe ist schon etwas Besonderes. Man nennt es Seelenverwandtschaft. Aber er möchte auch seinem Freund einen Gefallen tun, denn er und seine Frau sind es gewohnt, getrennt Urlaub zu machen. Und so fing eines Tages auch bei uns dieses Ritual an. Unser Vorhaben „Nie im Leben getrennt sein“ war futsch, weg, verschwunden. Wenn ich zurückdenke, wie verliebt wir waren! Wir sind tatsächlich bis heute genauso ineinander verliebt wie damals. Ich schaue

mich im Spiegel an. Allein der Gedanke daran lässt mein Gesicht strahlen. Die Schwierigkeiten, sie sind nicht mal direkt unsere persönlichen Schwierigkeiten, aber sie sind uns sehr nah und deswegen treffen sie uns direkt ins Herz. Wie ist das möglich? Wieso habe ich einmal Ja gesagt und habe dieses Ritual zugelassen? Ich glaube, dass die Antwort ganz einfach ist. Weil ich ihn über alles liebe, so einfach ist das. Wieso fühle ich mich dann so leer, so alleine und verlassen, und das jedes Jahr, obwohl ich genau weiß, dass er mich über alles liebt? Ich liebe ihn auch, vielleicht noch ein bisschen mehr, denn so sind wir Frauen. Wenn wir lieben, lieben wir ganz und mit Zusatzzahl. Wir denken an uns zuletzt. Wir möchten die Wünsche unserer Liebsten immer erfüllen. Ich wollte schon so oft nicht mehr zu Hause bleiben, sondern auch in Urlaub fahren. Denn für denjenigen, der zu Hause bleibt, ist es immer am schlimmsten. Für den, der weggeht, ist es leichter, denn er erlebt etwas Neues, sieht etwas Neues und wechselt die Tapeten. Dieses Bad der Gefühle kann man nur dann erleben, wenn man einen Partner an seiner Seite hat, den man über alles liebt. Ist es Abhängigkeit? Na klar ist es das. Denn mein Seelenfrieden und Glück hängen von seinem Sein ab, und umgekehrt.
Wenn ich ins Ohr meiner Freundin jammern würde, würde sie zu mir sagen:
»Hey, du hast sie nicht mehr alle! Hör auf, und wenn du es anders machen willst, mach es doch nächstes Mal besser. Aber hör auf mit dem Unsinn. Das Leben ist zu kurz.«
Sie hat vollkommen recht. Das könnte ich ihr auch

sagen. Aber mir selbst, neiiin! Ich tue mir zu sehr leid. Ich kuschle mich in die weiche Bettdecke auf dem großen Bett im Bürozimmer. Ich drücke seinen Schlafanzug ganz fest an meine Brust. Ich rieche ihn. Meine Seele lächelt und trauert zugleich, genau wie ich, denn ich spüre ihn ganz nah bei mir.
»Komm, Aura!«, sag ich zu mir.
«Wach auf und stehe deine Frau. Fang an, dein Alleinsein zu genießen!«
Ich habe doch recht. Ich brauche nicht zu kochen, ich brauche keine Brote zu schmieren, ich kann meine Freundinnen treffen, ohne an meinen Schatz zu Hause zu denken oder daran, dass er auf mich wartet und ich mich deswegen beeilen muss. Das machen wir beide automatisch, weil wir uns so sehr lieben.
So sagen wir immer:
»Komm schnell und fahr langsam!«
Naja, dann mache ich mir halt selbst Freude. So, jetzt esse ich die feinen Frikadellen, die ich auch für die Männer für unterwegs gebraten habe. Mein Magen spricht zu mir. Sie schmecken so gut mit den frischen Brötchen. Ach ja, was für eine gute Idee! Jetzt trinke ich noch einen Espresso und esse eine Praline dazu. Das ist auch eines unserer Rituale, das wir beinahe jeden Tag genießen. Was jetzt noch fehlt, ist Backgammon.
»Ach Aura, hör auf! Denk nicht mehr daran. Du musst dir das so vorstellen: Dein Schatz ist nur mal kurz weg und fertig. Genieße es!«
Ja, klar, ich vergaß für einen Moment. Die Musik im Radio ist super und die Berichterstattung auch ganz

interessant. Ich schaue auf die Uhr. Wie, es ist schon 18 Uhr? Oh je, ich werde jetzt ein Brötchen essen und auf der Terrasse ein Glas Rotwein trinken. Oh ja, im Sessel ist es gemütlich und der voll begrünte Berg ist fabelhaft, wunderschön! Ich fühle mich wie im Schwarzwald. Alle, die zu uns zu Besuch kommen, sagen das auch immer. Warum sollte ich es mir nicht auch so vorstellen? Die noch intensive Abendsonne wärmt mein Gesicht und die reine, frische Luft weht mir um die Nase, genau wie der Adler mit seiner Frau und seinen Kindern. Sie fliegen auch auf Augenhöhe. Ist das ein Spektakel. Unique! Oh ja, ich genieße. Ich kann genießen, juhu! Aber ich nehme mir jetzt schon mal fest die Absicht vor, nächstes Jahr mit meiner Tochter und meinem Enkelsohn in Urlaub zu fliegen. O.K., O.K., ich verfalle nicht wieder in mein eigenes Mitleid.

Ach ja, es wird heute Abend ein toller Film im Fernsehen ausgestrahlt. Gott sei Dank, mein Abend ist gerettet. Dann dusche ich, und morgen Früh muss ich sowieso zur Arbeit fahren. Also überrollt mich der Alltag wieder. Ja, überrollt mich! Das ist super, ich kann jetzt bei dem romantischen Film meine Tränen laufen lassen. Ich beweine den Verlust meiner Eltern und Großeltern, die mich großgezogen haben. Dieses Loch kann nie gefüllt werden und jede Gelegenheit nehme ich wahr, um meine Seele zu erleichtern. Ich schmelze in meinem eigenen Mitleid, dass ich wieder mal alleine zu Hause bin. Wie sehr kann man lieben? Ich kann unwahrscheinlich viel lieben.

Und mein Schatz weiß das.

»Ja, Aura, lass doch deine Tränen fließen! Lass die Gefühle verrücktspielen!«
Mein Herz blutet und die Taschentücher sind ganz nass. Ich habe sie in ein Tränenmeer getaucht. Ich stehe lieber auf und nehme mir noch welche. Man weiß nie, was noch in dem Film passiert, und ich heule schon wieder wie eine Fontäne.
Ich brauche mich nicht zurückzuhalten, denn mein Schatz ist nicht hier bei mir.
Sonst sagt er immer:
»Ach Aura, nein, nicht weinen, du brichst mir mein Herz. Du weißt, ich kann dich nicht weinen sehen.«
Tut das gut, wie ein Wasserfall, ohne Hemmungen, frei loszuheulen. Ach, ich fühle mich jetzt schon viel leichter. Das habe ich wirklich gebraucht. Es haben sich, abgesehen von der Tatsache, dass mein Schatz weg ist, viele Sachen angesammelt. Ich weiß, dass die Unzufriedenheit der Menschen nichts mit mir zu tun hat und trotzdem berührt sie mich und ich denke, dass ich ihnen vielleicht helfen kann. Nein, kann ich nicht. Hör auf damit! Ich, hm, nein, wir haben so vielen geholfen und sie haben uns nur verarscht. Wenn man gut ist, ist man gut. Wenn man zu gut ist, ist man der Dumme. So, jetzt habe ich mir ein paar Gedanken erlaubt und ich will nicht mit grauen Wolken ins Bett gehen.
»Gut gemacht, Aura!«
Ist das nicht schön? Ich mache mir selbst Mut.
»So gefällst du mir, Aura!«
Der Arzt hat auch gesagt, dass es gut ist, mit sich selbst zu sprechen. Ich mache jetzt nichts anderes.
»So, so, Aura, jetzt gehst du mal fein mit deinem

Lächeln in dein weiches, kuscheliges Bett!«
Oh ja, das ist wie im Himmel! Es ist Zeit, schlafen zu gehen. In meinem weichen Schlafanzug und in den weichen Federn ist es so gemütlich. Ich werde jetzt schöne Träume haben.
»Gute Nacht, Schatz! Gute Nacht, Aura!«
Hm, das Telefon klingelt?!
»Hallo?«
Meine Stimme ist ganz leise.
»Schatz, ich bin es! Hast du schon geschlafen?«
»Nein, oh nein, ich freue mich so, deine Stimme zu hören!«
»Ja, wie du bestimmt schon an meiner Stimme gemerkt hast, haben wir einen schönen Tag verbracht, Skat gespielt und super gut gegessen.«
»Ich freue mich für dich, ehrlich! Hast du meine Sprachnachricht schon gehört?«
»Jaaa, danke, mein Schatz, das war super lieb. Ich vermisse dich so sehr, meine Aura! Es ist nicht mal ein Tag vergangen und ich vermisse dich wahnsinnig.«
»Ich dich auch, mein Schatz. Lass es dir super gut gehen!«, sage ich euphorisch, sodass er nicht meine Traurigkeit merken kann.
»Morgen Früh rufe ich dich wieder auf der Arbeit an, O.K.?«
»Na klar! Ich erwarte jetzt schon sehnsüchtig deinen Anruf. Ich liebe dich, mein Schatz!«, sagt Aura und hüpft auf dem Bett zusammen mit der weißen Decke, die ihre schönen Brüste verdeckt.
»Ich liebe dich auch!«
»Schlaf gut, meine Aura, und bis gleich.«

»Bis gleich, mein Schatz.«
Ach, dieses "Bis gleich" ist unser Spruch, unsere Geheimsprache. Auch wenn „bis gleich“ in einer Woche ist. Ist das nicht toll? Wir haben aufgelegt.
»Das war aber schöööön! Ich halte seine Stimme am besten ganz fest in meinem Ohr. Jetzt träume ich bestimmt super.«
Man muss sich das geben, stellt euch mal vor. Wir sind über vierzig Jahre verheiratet und haben uns das Kind in uns immer noch bewahrt. Wir sind über sechzig Jahre alt und fühlen uns wie Teenager. Wo findet man noch so große, ehrliche, wahre Gefühle? Ich weiß es nicht. Aber auch mit diesen tollen Gefühlen hat man es nicht immer leicht. Denn die Angst, ach ja, diese Angst, nimmt manchmal überhand und verängstigt uns ganz toll. Wir zittern sozusagen um unsere Liebsten. Genauso auch um die Kinder und Enkelkinder.
»Ach, hör auf, Aura, das Mitleid ist ganz nah, es überkommt dich wieder!«
Was? Ist es schon Morgen? Ich erinnere mich noch an das Wort "Liebsten". Mein Traum war außergewöhnlich. Ich habe nach langer Zeit wieder geträumt, dass ich fliege! Es war so ein leichtes, schwebendes Gefühl. Jetzt muss ich wieder praktisch denken. Ich mache den Wecker aus, und bis ich im Bad fertig bin, kann ich im Schlafzimmer lüften und das Fenster ganz weit öffnen. Wenn mein Schatz zu Hause ist, macht er das. So viele Kleinigkeiten, die man nicht sieht, erledigt er ohne muh, meh und tetere.
Oh ja, am Dienstag kommt meine Freundin, und am Freitag gehe ich mit meiner anderen Freundin in die

Stadt essen. Ich werde ein bisschen malen und mit meinem Enkel spielen. Er liebt es so sehr, mit mir zu spielen und ich auch mit ihm.
Wie hat er gesagt, als ich zu ihm meinte, dass ich alt bin und nicht mehr alles machen kann?!
»Oh nein, Oma, du bist doch nicht alt!« Das war das tollste Kompliment, das mir jemand machen konnte, denn in seinen Augen bin ich noch jung geblieben. Mein toller Joshua, ich liebe ihn über alles. Er bringt Freude, Licht und junges Flair in mein Leben. Na ja, in unsere Leben, besser gesagt.
»Die Zeit vergeht!«
Sagen wir mal so, ich habe die Woche mehr oder weniger gut verbracht und alle schwarzen Gedanken hinter mir gelassen. Jeden Tag habe ich etwas erlebt und überlebt. Die Zeit ist sehr schnell vergangen und wie ein Wimpernschlag verflogen.
»Auweia, es ist schon Sonntag und mein Schatz kommt nach Hause! Gott sei Dank!«
Bis nächstes Jahr, wenn sich alles wiederholt, ist es noch lange hin. Jetzt verschwende ich nicht meine Gedanken daran, obwohl auch meine Ängste von Jahr zu Jahr größer werden. Ich kann nur sagen, dass ich unbeschadet aus der Geschichte rausgekommen bin. Und das ganze seelische Theater wiederholt sich jedes Jahr. Ein Schweißbad der Gefühle wird mich jedes Mal überkommen. Na ja, da muss ich durch. Ich werde mich jedes Mal selbst an den Haaren hochziehen. Jetzt bin ich wieder im Stress. Ich muss schnell kochen und ein paar Bierflaschen in den Kühlschrank tun, denn wir wollen wie immer auf uns prosten.

Ach, ist das schön, nicht alleine zu essen und abends am Wochenende ein Glas Rotwein zu trinken. Ach, es ist so schön, wieder zu zweit ins Bett zu gehen und sich aneinander zu kuscheln, sich zu umarmen und sich einen Gutenachtkuss zu geben. Unsere Rituale kommen wieder zurück.

»Ich bin so glücklich!«, Aura schreit beinahe ihre Glücksgefühle heraus.

Ich bin so erleichtert! Manche werden sagen, dass die Rituale Gewohnheiten sind. Na und? Auch wenn man sie so nennen mag, ist es auch gut. Wir Menschen haben die Sprache entwickelt, oder? So hat es auch Fee gesagt. Wir alleine können bestimmen, in welcher Form auch immer diese sogenannten Gewohnheiten bis an unsere Seele gelangen oder nicht. Wir bestimmen über die Sprache, Rituale, Gewohnheiten und Lebensweisen. Gott sei Dank hat uns der liebe Gott den freien Willen gelassen. Ich merke, dass ich Gedankenyoga ausübe.

»Einen goldenen Taler für meine Gedanken.«

Ich muss lernen, meine dunklen Gedanken eher wegzujagen. Ich werde mich selbst belohnen, indem ich beschließe, nicht mehr so ein Trauerkloß zu sein. Ist das Mitleid oder Sehnsucht? Es ist bestimmt Sehnsucht. Ich jage die Gedanken weg, indem ich nicht mehr in meinem eigenen Mitleid versinke, sobald mein Schatz in Urlaub fährt.

»Hochleben die Frauen! Wir sind doch die Stärkeren auf der Welt. Wir gebären Leben.«

Das sagt schon alles. Nur manche Männer müssen das auch anerkennen. Wir sind in der Familie der Schlüssel. Wenn wir böse, traurig oder krank sind, sind es unsere

Männer auch. Alles ist gut. Alles wird gut! Ich sage meinen Gedanken Tschüss. Tschüss, Gedanken! Ich muss mich um meinen Mann kümmern.
Ich bin so überschwänglich. Wow, wie ein junger Hüpfer. Meinen blutroten Lippenstift darf ich nicht vergessen, sagt Fee. Schnell, ich muss ihn noch auftragen. Oh je, das hätte ich beinahe vergessen.«
Mein Lachen, die Freude, die Leichtigkeit und die Liebe sind wieder bei mir. Jetzt kann ich wieder in vollen Zügen leben.
»Prost, Aura!«
Wie schön ich mich mit mir unterhalten kann!
Hm, der Wein schmeckt wieder, ebenso wie das Leben! Und ich werde sehr bald meinen Schatz auch spüren und seine salzige Haut schmecken. Ich sollte Sorge tragen, dass meine Seele das Herz jung hält.
»Bravo, Gedanken, ihr habt Klasse und ich habe gewonnen, egal was der erste Schritt bewirkt. Der große Schritt hin oder her! Was ich mit meinem Schritt auf meinem Weg zaubere und mit welchen Farben ich ihn bemalen werde, das hängt von mir ab, und das zählt am Ende.
Meine Telepathie war mir immer ein guter Ratgeber. Und wenn ich mich zu Tode langweilen werde oder tatsächlich Hilfe brauche, rufe ich nächstes Mal gedanklich Fee. Ich habe Zeit genug gehabt, zu üben.«
Aura spricht den Satz nicht mal richtig zu Ende, bevor sie einen fremden Gedanken hört. Leicht, wärmend und mit optimistischer Geborgenheit und Zuspruch.
»Aura und Fee, was für ein Spaß!«
Das Lachen von Fee steckt Aura an. Sie lacht herzhaft

schön.
Fee lächelt zufrieden, denn sie hört die glücklichen Gedanken von Aura und sagt sich selbstzufrieden: »Ach, ist das toll mit meinen Gedankenfreunden. Das Universum gehört uns. In unserem parallelen oder unsichtbaren Leben hören wir uns überall und egal wann. Bei Not, und aller spätestens im Seelenblasenlift.«

Kapitel V

KINDERINSEL

George Bernard Shaw

Gedanken springen wie Flöhe von einem zum anderen, aber sie beißen nicht jeden.

»Ein schönes Schwarzes Meer! Ach, es ist so traumhaft schön hier. Ich kriege mich nicht mehr! Ich kann einfach nicht aufhören, diese Umgebung zu bewundern. Ich bin fasziniert von so viel Schönheit. Joshua, Steve, haltet mich fest, sonst denke ich noch, dass ich träume! Wir sind nicht einmal richtig aus dem Flugzeug ausgestiegen und ich bin einfach fertig mit der Welt. Fix und fertig wegen so viel Schönheit.«, sagt Brook und schiebt ihre besondere Sonnenbrille auf ihrer schönen geraden Nase ein wenig nach unten.
»Hör jetzt bitte auf, Liebling! Du hast deiner Bewunderung genug Aufmerksamkeit gewidmet. Schau, mein Schatz, jetzt sind wir hier mit unserem Sohn.«
Steve richtet seine Krawatte auf seinem weißen Hemd.
»Wir wollten schon immer zusammen eine so schöne Reise unternehmen. Aber wenn du nur am Schwärmen bist, haben wir gar keine Zeit mehr, um die Insel zu erkunden.«, sagt er mit seiner verständnisvollen, sanften Stimme.
»Ist das so?«, antwortet Brook eingeschnappt mit verzerrtem Gesicht. Sogar die Stimme ihres Mannes stört sie ungemein.
»Wieso rege ich mich gerade über ihn so auf? Ich kann das nicht verstehen. Ist das, weil er für üblich nicht so viel Zeit mit mir verbringt?«, denkt Brook und schenkt ihm ein gequältes Lächeln. Ich müsste ihm sogar dankbar sein, dass er endlich eingewilligt hat, mit uns auf diese Kinderinsel zu fliegen. Ich habe ihm schon so oft gesagt, was Mary mir über diesen geheimnisvollen Ort erzählt hat. Ich glaube ihr. Steve hat mich aber nur

ausgelacht. Wie hat er gesagt? "Du bist so naiv und gutmütig.", und hat laut dabei gelacht. Aber ich kann kaum erwarten, dass mir die Kinder wieder die Jugend schenken. Sie haben einen Zauberbrunnen, eine Formel, Rituale und was weiß ich was noch alles, die uns Ältere wieder in junge Menschen verwandeln können. Genauso hat Mary es mir erzählt.«
Brook hält ihre Designertasche auf dem Arm, genauso wie alle erwachsenen Frauen dies tun, und schiebt ihren großen Sonnenhut ein wenig nach oben, um besser sehen zu können. Sie spricht auf einmal laut und erschreckt sich selbst darüber, dass sie nicht mehr in stummen Gedanken ihre Erlebnisse weiterspinnt.
»Na gut, ich werde die Palmen, das grüne Gras und die Vielfalt der Blumen ignorieren, bis wir im Hotel angekommen sind.«, spricht Brook und läuft stolz Richtung Limousine, mit aufrechtem Gang auf ihren hochhackigen Schuhen mit den roten Sohlen.
»Das machst du wunderbar, mein Liebling, das ist die richtige Einstellung.«, sagt Steve und hilft ihr beim Einstieg in die Limousine, deren Tür der Chauffeur kurz zuvor mit einer Verbeugung und weißen Handschuhen geöffnet hat. Joshua steigt als erster auf der anderen Seite der Limousine ein, beugt sich zu Brook hin und sagt:
»Mama, du hast mir versprochen, dass du dich nicht mehr von Papa ärgern lässt. Ab sofort darfst du nur genießen.«, spricht Joshua leise und schenkt dem Vater ein Lächeln, um die Situation zu entschärfen.
»Jetzt macht ihr bitte die Augen zu. Ich werde das gleiche machen. Lassen wir uns überraschen!«

»Wisst ihr was?«, sagt Brook ungeduldig.
»Bis jetzt habe ich noch kein Kind gesehen, nur Erwachsene. Weiß einer von euch, was das zu bedeuten hat? Ich kann mir gar keinen Reim darauf machen. Es heißt doch Kinderinsel.«
»Warte doch mal ab, Mama, gedulde dich ein wenig, bitte. Ich weiß, dass du die Geduld nicht gerade gepachtet hast, aber vertraue mir.«, spricht Joshua geheimnisvoll und umrahmt beide Eltern mit seinem Blick, und zwar so, dass sich keiner von ihnen benachteiligt fühlt.
»Bei seinem Lächeln und seiner stattlichen und außergewöhnlichen Erscheinung werden alle Frauen schwach.«, denkt Steve und verfolgt seinen Sohn weiter mit stolzem Blick.
»Selbstverständlich haben wir vollstes Vertrauen in dich, Joshua.«, sagen beide mit strahlenden Augen.
»Ach schau, wo ist nur die Zeit hingeflogen? Ich sehe schon das Witchchild-Flower Hotel! Ist das Hotel nicht wunderschön und irgendwie so geheimnisvoll?«, wundert sich Brook auf einmal.
»Endlich sind wir angekommen. Oh, schau mal die Lianen an den Hauswänden, und die Feen und die Blumen. Sie glitzern so toll und sie haben so schöne Flügel! Die Farben sind so strahlend und lebendig. Ach, es geht mir so gut!«, führt Brook ihre Eindrücke fort. Sie steigt aufgeregt, irgendwie surreal aus. Zwischen den hohen, sehr hohen Säulen zu dem goldenen Eingangstor geht sie weiter. Das Tor öffnet sich von selbst, wie von unsichtbaren Händen, und auf einmal sind nur Kinder da, so viele Kinder, soweit das Auge

reicht. Sie wimmeln, laufen, rennen, sprechen, singen, tanzen, lachen herzhaft, und drei davon nähern sich Brook, Steve und Joshua.

»Wow, das ist doch nicht möglich!«, spricht Steve laut und schaut mit großen blauen Augen, ungläubig und erstaunt.

»Sagt mal, seht ihr auch was ich sehe?«

»Na klar sehe ich das auch.«, sagt Brook.

»Hey, wer seid ihr? Ihr seht genauso aus wie wir als Kinder. Das ist doch nicht möglich.«

Sie reibt sich die großen rehbraunen Augen, nachdem sie sich die Designerbrille ausgezogen hat.

»Aber natürlich ist das möglich.«, antwortet das kleine Steve-Kind.

»Wie, habt ihr etwa schon vergessen, wie ihr als kleine Kinder wart?«

»Ich glaube nicht, dass sie das vergessen haben. Deshalb sind wir jetzt auch hier.«, ergänzt das Joshua-Kind schnell.

»Kommt mit! Die Regeln besagen, dass wir euch immer begleiten müssen. Warum, werdet ihr später verstehen, glaubt mir. Kommt, wir gehen zusammen zur Rezeption und holen euren Zimmerschlüssel.«, sagt das kleine Brook-Kind.

»Hört ihr jetzt endlich mal auf, uns so anzustarren?«, fragt das Brook-Kind und lächelt frech. Die Flügel der drei Spiegelbild-Kinder sind wie ein Traum. Mal sieht man sie, mal nicht. Mal wechseln sie die Farbe oder glänzen im Wettbewerb mit der Sonne.

Sie kichert weiter mit dem Steve-Kind und dem Joshua-Kind. Sie flüstern sich gegenseitig etwas ins Ohr,

drehen sich dann um und sagen:
»Wir brauchen eure Witch-Strahlenkarten zum Bezahlen.«
»Was habt ihr euch zugeflüstert?«, fragt Joshua.
»Na ja, ich verrate es euch. Bei dem, was wir uns ins Ohr geflüstert haben, waren wir einer Meinung. Und zwar, ob ihr euch erschrecken werdet, wenn die Blitze kommen!«, antwortet das Brook-Kind vergnügt.
Die drei strecken die Arme aus um zu bezahlen und Blitze strömen aus ihren Fingern in die Finger der Double-Kinder. Sie schweben zusammen nur ein paar Zentimeter über dem Boden an der Rezeption und dann fliegen sie Hand in Hand, wie an einer Liane, in ihre Zimmer im 15. Stock.
»Oh, hui, man darf keine Höhenangst haben und muss schwindelfrei sein.«, sagt Brook und schaut vor lauter Angst nur mit einem Auge in die Höhe.
Sie erkundet so gut sie kann die Umgebung, denn der Flug dauert schon ein paar Sekunden.
»So, jetzt sind wir in euren reservierten Zimmern angekommen.«, sagt das Steve-Kind.
»Jetzt braucht ihr nur noch eure Gedankenbestellkarten. Mit denen könnt ihr ab sofort Essen und Trinken und ebenso die Vergangenheit und die Zukunft hierher bestellen. Aber auch Musik.«, fügt das Brook-Kind schnell hinzu.
»Ihr dürft auch tanzen und singen, euch ganz einfach amüsieren.«, zwinkert und kokettiert sie bewusst mit Steve.
»Jetzt dürft ihr, ihr selbst sein.«, spricht das Joshua-Kind selbstbewusst zu den drei Erwachsenen.

»Sollen wir euch alleine lassen?«, fragt das Brook-Kind fröhlich mit einem zarten Kichern.
»Ja, ihr könnt jetzt verschwinden.«, antwortet Steve.
»Wir haben jetzt alles da. Ihr habt uns sozusagen über alles unterrichtet.«, ergänzt Brook und lächelt schön und ungezwungen zurück.
»Nicht so schnell, meine Freunde. Ich habe so viele Fragen an euch!«, ruft Joshua.
»Was soll das Ganze? Wer seid ihr? Es ist unmöglich, dass ihr wir seid.«, schnauzt Steve die drei Kinder an.
»Na klar sind wir das. Ihr habt uns hervorgerufen, mit euren starken Gedanken. Wir existieren nur, wenn ihr uns in eurem Unterbewusstsein ruft. Aber du musst stolz sein, denn das heißt, dass du noch ein Kind in deinem Herzen trägst, genau wie deine Eltern auch. Nur so könnt ihr die wahren, echten Kinder verstehen. Ihr erinnert euch bestimmt an eure Kindheit, oder nicht?«, fragt das Steve-Kind mit in die Luft gerecktem Zeigefinger.
»Ich fühle genau, wie du dich früher immer gefreut hast, wenn deine Mama oder deine Oma dich viel früher vom Kindergarten abgeholt haben.«, sagt das Joshua-Kind zu Joshua.
»Du bist hochgesprungen und hast laut und glücklich gelacht. Und du, Brook, hast kaum genug Geduld gehabt, bis du mit deiner Mama zusammen in die Stadt fahren konntest und Lackschuhe bekommen hast.«, sagt das Brook-Kind zu Brook.
»Steve, du wolltest schon als Kind groß sein, quasi schon vom Zeitpunkt deiner Geburt an. Dein innigster Wunsch war schon damals, so viele Plastikkarten zu

besitzen, wie kein anderer. Du hast dich gefreut und die Freude war dir ins Gesicht geschrieben, wenn dein Papa und dein Opa dir jede Woche zwei Euro gegeben haben. Dein Opa hatte immer noch in D-Mark umgerechnet und wusste, wenn du das Geld sparst, es reicht, um deinen Führerschein davon zu bezahlen. Erinnerst du dich an das Gefühl, als du hingefallen bist und deine Oma dich tröstend in den Arm nahm und sagte: „Schau mein Schatz, dein Weh fliegt da oben. Es fliegt einfach weg." Und der Schmerz war wie weggeblasen.«

Joshua, Brook und Steve schauen sich an und nicken dann erstaunt im Einklang.

»Wisst ihr noch, was für euch alle drei am wichtigsten war?«, fragt das Brook-Kind mit einem süßen Lächeln. Ohne auf eine Antwort zu warten, sagt sie:

»Ich verrate es euch. Es war und ist immer noch die Familie. Nur dann wart ihr am glücklichsten, wenn ihr die Wärme, die Geborgenheit, die Sicherheit und die Liebe der Großeltern und Eltern gespürt habt.«

Steve lächelt.

»Ihr habt recht. Wir hätten beinahe die wichtigsten Werte vergessen. Wir danken euch und wir werden uns bestimmt noch einmal treffen. Beziehungsweise wissen wir jetzt, wo ihr seid, wenn wir euch brauchen.«, spricht Steve mit einer warmen, ruhigen und dankbaren Stimme.

»Mein Vater hat recht.«, sagt Joshua und spricht beeindruckt weiter.

»Ich danke euch auch von ganzem Herzen, dass ihr die wichtigsten Gefühle der Kindheit zurückgebracht habt.

Sollen wir uns jetzt in ein neues Abenteuer switchen oder sollen wir die drei nur wegschalten, zumindest für den Moment?«, fragt Joshua seine Eltern.
»Ja klar, das können wir jetzt tun. Die Gedanken sind jetzt voll mit wertvollen Erinnerungen.«, antwortet Steve.
»Wir sagen euch schon mal tschüss und bis bald, liebe Witchkinder! Jetzt fühle ich mich viel jünger!«, spricht Brook sichtlich angetan.
Die Witchkinder winken lächelnd und machen sich bereit, davonzufliegen, auf großen goldenen und mit Sternenstaub bedeckten Schmetterlingen. Sie sind einfach super gute Freunde im Witchchild-Flower Hotel. Das heißt Hexenkinder-Blumen Hotel.
Die Bilder fangen an, undeutlich zu werden, wie von Nebel verdeckt. Die Zeit scheint stehengeblieben zu sein und die Musik ist still. Die drei Witchkinder verzerren sich und vermischen sich mit dem Zimmer, den Objekten und Pflanzen in ein großes, strahlendes Ganzes. Dann werden die Farben blass und das große besondere Ganze ist nicht mehr sichtbar. Es ist ein großes, trauriges Etwas entstanden, wie ein großes Loch, und zurückgeblieben ist nur die Farbe Schwarz. Jeder der drei empfindet diesen Moment anders. Aber sie wollen alle die zuvor aufgerufenen positiven Erinnerungen verinnerlichen, auffangen und festhalten. Sie wollen aber nicht alle Gefühle auf einmal verraten oder darüber sprechen.
Plötzlich öffnen Joshua, Brook und Steve gleichzeitig die Augen.
Joshua sagt:

»Habe ich euch zu viel versprochen? Ich glaube nicht. Wir haben tatsächlich vergessen, was es heißt, Zeit miteinander zu verbringen. Das Spiel ist doch Klasse! Ihr könnt es ruhig zugeben.«
Er lacht herzhaft und ansteckend.
Steve nimmt die zwei in die Arme und küsst sie. Mit leicht feuchten Augen sagt er:
»Ihr seid das Wichtigste in meinem Leben, wichtiger als alles Geld oder egal was sonst noch auf der Welt existiert.«
»Ich werde meinen Freundinnen das Spiel ans Herz legen. Sie müssen nur die Augen schlissen und in diese Limousine einsteigen. Der Rest ist nur Überraschung. Wenn sie die Augen öffnen sind sie, genau wie ich, viel reicher an Gefühle.«, sagt Brook nachdenklich.
»Die Zeit mit euch, meinen Liebsten, ist das wertvollste Gut.
Joshua, lass uns das Spiel in der ganzen Welt verteilen, denn ich glaube, dass die Menschheit manchmal vergisst, was Familie bedeutet. Mit der Familie sollte man nur die schönsten Momente teilen und sie sollte helfen und einen auffangen, wenn Not am Mann ist.«, sagt Brook glücklich, weil sie sich erinnern konnte. Gleichzeitig fühlt sie sich betroffen, wenn sie an die Nachrichten aus aller Welt denkt.
»Gott sei Dank, wir haben uns. Wir sind zusammen und nicht auseinandergerissen.«, sagt Brook.
»Lasst uns das Spiel ab und an wiederholen. Danke, Joshua!«, ergänzt Steve mit einem zufriedenen und strahlenden Gesicht.
Dort, wo alle drei die Augen aufmachten, ist auch ein

Bildschirm.
Brook fühlt etwas, dreht sich kurz um und schaut auf den Bildschirm. Das Brook-Kind lächelt ihr zu, winkt, zwinkert und verschwindet.
Brook dreht sich wieder um, schaut nach vorne, legt die Arme um die Schultern ihrer liebsten Männer und lächelt überglücklich.
»Schade, dass unsere Familie nicht so weit mit der telepathischen Anwendung ist. Wir werden aber fleißig üben, stimmt es?«
»Genau das werden wir machen, Brook. Genau das werden wir tun. Wir werden uns Zeit nehmen.«, antwortet Steve zufrieden.
»Fee und ihre Tochter Maya, meine beste Freundin, haben uns alle überholt. Sie war schon immer anders als wir alle. Das muss ich neidlos zugeben. Wenn wir Fee unsere Gedanken senden, ist sie bestimmt für uns da. Danke, Joshua, für das besondere Spiel!«, beendet Brook ihre Bemerkung.
Sie spürt, wie die Glücksgefühle sie übermannen.
Brook lächelt mit den Augen und denkt:
»Wenn wir Fee brauchen, müssen wir nur an sie denken. Dank ihr können wir die Zukunft gedanklich spüren und riechen. Sie bereitet uns auf die Zukunft hervorragend vor.«
»Ihr wisst noch nicht, wie recht ihr habt.«, hört Brook Fees Stimme.
»Wusste ich‘s doch, Fee hört uns immer und überall.«, sagt Brook.
Alle drei verlassen das Gedankenzimmerspiel aus der Limousine, und das Universum ist wieder für ein paar

Sekunden still.

Kapitel VI

Reichenzoo
3030

Von Theodor Heuss

„Eines Tages werden Maschinen vielleicht nicht nur rechnen, sondern auch denken. Mit Sicherheit werden sie aber niemals Phantasie haben."

»Mama, Maaama, wo bist du?«

»Schrei doch nicht so laut, Sunny! Und jetzt rufe ich dich auch noch wie deine Ama. Sie hat dir diesen Namen gegeben und das mit Recht. Schau, wie du strahlst! Aber wir müssen leise sein. Mara hat auf dem Maranova-Stern nach dem Rechten geschaut und ist wirklich sehr müde. Wenn wir etwas mehr Geld hätten, dann müsste sie nicht wochenlang fliegen. Jetzt ist sie 27 Jahre alt und hat sehr viele Verehrer. Aber wenn sie nicht so viel Zeit für die jungen Männer hat, wird sie nie heiraten und keine Kinder bekommen können. Ich werde mir genau wie deine Ama die Nase plattdrücken, wenn ich dann ständig nach den Enkeln von anderen Omas Ausschau halte. Mit anderen Worten, ich werde auch eine ältere Oma sein. Gott sei Dank haben Ama und Apa für uns dieses gar nicht mal so kleine Grundstück auf dem Maranova-Stern gekauft. Na ja, ich weiß gar nicht, warum ich dir das jetzt alles erzähle!«

»Ach, Mama, du bist ein wenig aufgeregt wegen Mara! Meine liebste Ama hat mir den allerschönsten Namen gegeben, da hast du schon recht. Aber überleg mal, wenn wir noch mehr Geld hätten, dann müssten wir in den Reichenzoo. Willst du das vielleicht?«

»Selbstverständlich nicht, mein Sunny. Aber ich hätte dir auch ein Planetflyauto gekauft. Aber so, wie es jetzt ist, kann ich das nicht.«

»Ich brauche kein Planetflyauto, Mama. Ich will nur, dass wir alle gesund bleiben, und der Rest wird sich schon ergeben. Hast du die Reichen im Reichenzoo auf dem Reichenzoo-Planeten nicht gesehen? Sie haben alles und doch nichts, denn die Freiheit, die sie früher hatten, ist jetzt unsere Freiheit! Sie haben Champagner, Drogen, Essen oder Limousinen, aber sie sind eingekesselt und drücken sich die Nasen platt an der Glaskugelwand. Sie fliegen nur im Kreis in der Glaskugel. Jetzt können wir sie beobachten und nicht umgekehrt. Die Gedankentransporter haben den gierigen Wesen gezeigt, was sie für grausame Taten gemacht haben. Manche springen durch die Glasröhre ins All und denken, dass ihnen alles gehört. Wir haben uns und wir sind frei dahin zu gehen und zu fliegen, wohin wir wollen. Ich kann auch Entscheidungen treffen, denn ich bin bis jetzt immerhin der einzige Mann im Haus, oder?«

»Aber nicht mehr sehr lange, mein Sunny!«, denkt Maya.

»Deinen Optimismus will ich auch haben.«, antwortet sie und lächelt geheimnisvoll.

»Tja, du bist so begabt, Mama, aber du traust dich nicht mal jetzt, mit deinen reifen Jahren, allen Menschen die Wahrheit zu sagen.«

Maya dreht sich mit erstaunter Miene zu Sunny hin, steht von der weißen Couch auf, geht zu ihm und nimmt seinen Kopf zwischen ihre Hände.

»Sag mal, woher weißt du das? Hast du es schon lange gewusst? Hast du deine Ama und mich vielleicht belauscht?«

»Ganz ehrlich, Mama, ich habe es schon lange gewusst, und das ganz ohne zu lauschen. Du heilst die Menschen, die zu dir kommen. Sie gehen wieder mit einem Lächeln im Gesicht und ich soll das nicht bemerkt haben? Ich bin mir nicht sicher, ob ich über alles, was du kannst, Bescheid weiß, aber es ist glasklar, dass du eine Heilerin bist.«

»Pscht, nicht so laut, habe ich gesagt! Wenn dich jemand hört, und du weißt, dass die Glaswände hier Ohren haben, dann schicken sie mich auch noch auf andere Planeten, um die Menschen zu heilen. Und dann kann es passieren, dass wir uns nicht mehr sehen können!«

»Sag mal, Mama, warum sind denn so viele Menschen psychisch daneben? Und wenn du sagst, dass uns keiner hören soll, meinst du bestimmt Mike. Er ist nämlich genau so einer.«

»Sunny, das sagt man nicht. Du kannst dich nicht so ausdrücken wie noch vor Hunderten von Jahren. So habe ich dich nicht erzogen. Du bist jetzt ein erwachsener Mann, und ein wundervoller noch dazu.«

»Ja, ja, schon gut. Jetzt sag mir lieber, Mama, hat Ama auch so viele Fähigkeiten? Und was genau kann sie denn? Sie hat mir nicht gerade viel davon erzählt. Ama und Apa sind so süß! Vorhin haben die zwei das Universum beobachtet. Sie lagen auf der schwebenden Sommerfedercouch, Hand in Hand, und schauten sich die Sterne an! Ich weiß, dass sie uns nicht aus den Augen lassen. Sie passen immer auf uns auf! Im schwebenden Zimmer fühlen sie sich, als ob sie nochmal zwanzig Jahre alt wären. Sie denken bestimmt an Maranova. Jetzt können sie ja nicht mehr hinfliegen. Aber unsere Gedanken können fliegen! Sie hat es uns rechtzeitig gelehrt. Schade, dass man älter wird, anstatt jünger. Gott sei Dank haben wir ihre Fähigkeiten auch

geerbt.«
»Pssst, nicht so laut, das ist ein Familiengeheimnis, Sunny!«, unterbricht Maya ihn schnell. Sunny lässt nicht locker.
»Es dauert, soweit ich weiß, nicht mehr lange und die Wissenschaftler entdecken das ewige Leben.«
»Wir können jetzt schon, genau wie Ama, ewig leben nur anders. Du darfst niemanden sagen, dass wir das Geheimnis kennen.«, antwortet Maya ernst.
»Ist schon gut Mama, ich sage keinem etwas, versprochen. Jetzt haben wir auch genug Planeten. Bevor die Bombe hochging, haben alle die Reichenhäuser geplündert und viele Besitzer getötet. Das war vielleicht ein Aufstand! Weißt du eigentlich, wer als Erster auf den roten Knopf gedrückt hat? Und weißt du vielleicht auch noch, wie viele Reiche im Reichenzoo leben? Wie viele sind übriggeblieben?«
»Über was du dir so den Kopf zerbrichst! Sag mir, mein Lieber, wie war es denn an der Uni, in deiner liebsten durchsichtigen Kugel? Ich wundere mich immer, dass du dort überhaupt etwas lernen kannst, bei der grandiosen Aussicht. Was für ein Doktor wirst du? Ach, und was machen denn die schönen Mädchen?«
»Mama, lenk nicht von meiner Frage ab.«
»Hast du denn heute noch Zeit? Ich habe dir nämlich viel zu erzählen.«
»Klar habe ich Zeit! Dafür habe ich immer Zeit. Das ist wichtig für mich. Du erzählst mir doch von Ama, oder?«
»Wer erzählt dir von Ama, von meiner Oma Mile? Mama, bist du das? Was willst du ihm erzählen?«

„Ich habe immer Kontakt mit ihr.“«, denkt Mara ein wenig belustigt.
»Guten Morgen, meine Schöne! Oder besser gesagt guten Abend, Mara! Wenn du willst, kannst du dich neben Sunny auf die Couch setzen, dann erzähle ich euch beiden von Ama.«
»Oh, das ist jetzt spannend. Erzählst du uns von ihrer Jugend und ihren Fähigkeiten?«, erwidert Sunny mit ernstem Gesicht und legt seinen Arm um Maras Schultern.
»Ich fange jetzt einfach an zu erzählen. Aber ihr gebt keinen Mucks von euch, einverstanden? Wenn ihr mich unterbrecht, dann vergesse ich, wo ich war, und verliere den Faden.«
Maya zieht die Gardinen in ihren Gedanken zu und das Meer verschwindet wie durch die Hand eines Zauberers. Das ist sozusagen eine Bildtäuschung.
»Sie ist hochbegabt in der spirituellen, früheren Welt, aber auch „abergläubisch“. Das alles trifft auf eure Ama zu, und noch viel mehr.«, fängt Maya an, von Ama zu erzählen. Sie macht die Augen zu und schaut ab und an zu ihren Kindern, die ihr ihre Konzentration anmerken.
»Alle Begabungen kommen von ihren Vorfahren und ziehen sich wie ein roter Faden bis zu mir, ihrer Tochter.«, sagt Maya ernst.
»Bestimmt auch noch bis zu euch. Ich weiß gar nicht, wie ich das alles beschreiben soll. Es ist kompliziert, darüber zu sprechen, aber ganz einfach, wenn es passiert. So oder so ähnlich hat sie zu mir gesagt, als ich ungefähr in eurem Alter war. Ihre folgenden Worte haben sich in meinen Geist eingebrannt.

„Diese Fähigkeiten, die ich habe, kann man nicht erlernen. Man hat sie oder man hat sie nicht. Mein Schatz, das ist eine Gabe. Du kannst neben mir sitzen, und wenn du die Gabe hast, kannst du dir alles merken. Wenn nicht, ist diese Gabe nicht bei dir. Ich erzähle dir jetzt von meinen Träumen und gebe dir einen kleinen Einblick in meine Welt, sodass auch du die Möglichkeit hast, dies an deine Kinder weiterzugeben. Ich möchte, dass du über mich sehr viel weißt, damit du es deinen Kindern weitererzählen kannst. Denn es könnte sein, dass auch sie die Gabe haben." Das hat meine Mama Fee mir erzählt.«

»Was für eine Gabe, Mama? Erzähl doch konkret. Was hat deine Mama Fee gesagt?«, will Mara ungeduldig wissen.

»Also, Kinder, eure Ama, meine Mama Fee, konnte erahnen, was die Menschen denken und welche Handlung folgt. Sie konnte die guten Gedanken als Energie weiterleiten und in den Seelen einpflanzen. Und so wurden die bösen Menschen wie von Zauberhand lieb. Nur so konnte sie uns auch damals nach der Revolte, lange bevor die Bombe hochging, alle retten. Sie hatte auch ein paar reichen Familien geholfen, nur weil sie armen Menschen geholfen haben. Sie konnte und kann immer noch viel mehr, aber das erfahrt ihr später, versprochen. Ich muss euch vielleicht noch dafür vorbereiten. Aber jetzt habe ich schon einen ganz trockenen Mund vor lauter sprechen und erzählen. Was habt ihr eigentlich noch vor? Was wollt ihr heute Abend unternehmen? Ich möchte jetzt ein Glas Schaumwein trinken.«

»Ach Mama, ich muss schnellstens auf die Toilette. Wartet auf mich!«, sagt Sunny und verschwindet fluchtartig aus dem Zimmer.
»Wir warten schon, bis er wiederkommt, oder Mara?«
»Na klar warten wir, Mama.«
Sunny kommt nach einer Weile zurück und sagt:
»Wenn du noch weitererzählt hättest, hätte ich wirklich in die Hose gemacht. Ich habe tatsächlich Durchfall. Bestimmt vor lauter Aufregung.«
»Ich weiß, dass deine Oma dir Heilig war und ist, Sunny. Ich gebe dir etwas Gutes dagegen, da bist du im Nu wieder auf den Beinen.«
»Nein, Mama, nicht schon wieder deine winzigen Robodi. Ich kann diese Roboter-Tabletten nicht ab. Letztes Mal haben sie sich hinten festgekrallt und wollten nicht mehr raus. Ich weiß, dass sie alles, was nicht gut im Körper ist, fressen. Ich will aber nicht, dass sie mich eines Tages selbst fressen, wirklich!«
»Oh je, wenn das so ist, gebe ich dir nie wieder Robodi. Was, was, warum lacht ihr zwei so gehässig?«
»Aber Mama, wir lachen nicht gehässig, wir amüsieren uns nur, weil du immer noch alles glaubst, was Sunny sagt! Er macht doch nur Spaß, genau wie Apa! Er hat immer Spaß gemacht, hast du das vergessen?«, lacht Mara, laut, herzlich, mit Tränen in den Augen, und wackelt mit den Beinen in der Luft. Ihre Decke ist auf den Boden runtergerutscht und Maya geht hin und hebt sie auf.
»Ach Mama, lass das, ich mache das schon. Es schaut uns niemand zu. Du darfst auch lachen, denn nur die Witze von Sunny, mir und Apa sind High Connections,

glaub es mir.«, sagt Mara mit einer beruhigenden und amüsierten Stimme.
»Man weiß nie! Weißt du noch, als wir über deine Pläne, bald die Planeten zu erkunden, gesprochen haben? Und was ist passiert? Siehst du ja, ich habe recht, sogar der Lufttürpförtner hat uns gefragt: »Fliegen Sie schon wieder weg?«, sagt Maya mit besorgter Miene.
»Ja, Mama, aber du weißt sehr gut, dass sogar auch solche Halbmenschen heutzutage Telepathie üben, stimmts?«
»Du hast recht, ich bin nun mal ein wenig ängstlich, ich bin ja auch nicht mehr die Jüngste! Ich habe schon viel mitgemacht, aber eure Ama…«
»Genau, erzähl doch weiter. Ich habe euch auch etwas zu trinken mitgebracht und wir sind gerade in einer so schönen Runde! Also, Mama, wirklich, das mit dem Erdbeben, als Ama noch sehr jung war, glaube ich, fühlt sich bestimmt beinahe genauso an wie die Krallen der Future-Wächter, die Alkrole. Sie sind halb Mensch und halb Maschine. Wenn diese überdimensionalen Kreaturen Verbrecher suchen und an den Glaskugelhäusern rütteln, kriegen wir auch immer etwas von dem Beben ab.«, sagt Sunny und verzieht sein Gesicht.
»Denk nicht mehr daran, Sunny. Obwohl, du warst so tapfer und hast deine Schwester und mich beschützt, als sie anfingen, auch die einzelnen Häuser zu durchsuchen, mit ihren großen Computeraugen. Wir müssten öfter das Gedankentransportieren üben. Nur so können wir Menschen retten, genauso wie Fee.«

»Mama, du hast recht, Sunny ist unser Held. Und du hast wieder recht, denn wir müssen das Gedankentransportieren wirklich üben.«, antwortet Mara ernst.
»Mit dir brauche ich mich auch nicht zu verstecken, du große, schöne, tapfere Kriegerin! Du bereitest unsere Zukunft vor und piepst nicht mal. Also, ich will nur sagen, dass du uns nicht mal das Geringste davon erzählst. Lass nur mal ein ganz klitzekleines bisschen davon durchsickern, was du so tust, Mara.«, gibt Sunny zurück.
»Sunny, das würde ich gerne tun, darf ich aber nicht, Punkt. Reiz mich jetzt bitte nicht noch mehr! Der Kleine muss noch viel lernen.«, Mara streichelt Sunny über die Haare.
»Hör doch auf, Schwesterchen, jetzt merkt man wohl den Unterschied gar nicht mehr. Ich bin genauso wie du ausgebildet in der All-Armee. Lass das!«
»Hey, Kinder, ist schon gut! Lieber erzähle ich euch weiter von eurer Großmutter, abgemacht?«, unterbricht Maya die beiden.
»Ja, besser ist es.«, antwortet Sunny und schaut Mara fragend an. Mara gibt Sunny einen Kuss und sagt:
»Ich liebe dich doch auch, mein Brüderchen.«
»Also weiter. Sie schrieb ihrer Freundin aus Washington in den Vereinigten Staaten viele Mails. Sie kommunizierten sehr oft per Mail. Wisst ihr noch, was das ist?«
»Na klar, wissen wir. Du hast uns oft genug davon erzählt.«, erwidert Mara glücklich darüber, dass sie es noch wusste.

»Gut, dann erzähle ich euch jetzt ungefähr das, was die zwei Freundinnen sich geschrieben hatten.«
»Liebe Freundin, endlich nehme ich mir ein bisschen Zeit, um dir ein paar Zeilen zu schreiben. Ich hoffe, dass bei dir alles in Ordnung ist. Liebe Freundin, es klingelt leider mein Telefon. Das ist bestimmt Maya. Du weißt, wie das ist, ein Muttertier zu sein. Ich beende für ein paar Tage meine Mails und erwarte ein Signal von dir. Küss mir alle zusammen und grüß mir Washington. Bis sehr bald, deine Fee!«
Nach drei Tagen bekam Fee eine Antwortmail von ihrer Freundin Dina aus Washington.
»Ich, Fee, schreibe dir, liebe Dina, erst jetzt zurück. Ich danke dir auch für deine Mails. Sie sind wie ein Bild von Rembrandt. Man kann so viel hineininterpretieren und deshalb tut es jedes Mal so gut, wenn ich von dir eine Nachricht bekomme.
Die Kinder sind das Wichtigste im Leben und das Beste, was man hinterlässt. Weißt du noch, unsere Partys? Sie fanden nicht wie heute immer nur in Discos, sondern abwechselnd bei dir und bei mir, oder bei meinem Cousin, statt. Wir haben die ganze Nacht getanzt, kaum gegessen und zu trinken gab es nur Wodka und Murfatlar-Weißwein, mit entsprechendem Fingerfood, von unseren Müttern vorbereitet. Als ich mal auf einer anderen Party war, hatten wir nur eine Schallplatte. Wir tanzten die ganze Nacht nur auf diese Melodie. Wir haben gelacht, miteinander geredet und getanzt, bis wir nicht mehr konnten und fielen anschließend glücklich daheim in unsere Betten. Es war eine Selbstverständlichkeit, dass die Jungs uns nach

Hause brachten.
Mit Bobo, mein bester Jugendfreund, war ich 15 Jahre lang immer zusammen Schlittschuhlaufen gegangen. Er hatte mir immer meine Füße gewärmt und die langen Schnürsenkel zugemacht. Und so, Hand in Hand, sind wir auf dem Eis geschwebt. Weißt du noch? Ich mit meinen langen schwarzen Haaren und ganz in schwarz gekleidet. Allein die Schlittschuhe waren weiß. Alle sagten immer: „Das Teufelchen ist da!“. So gut konnte ich Schlittschuh laufen. Bobo war der beste männliche Freund aller Zeiten! Das waren Zeiten, sag ich dir! Wir sind damals, weißt du noch Dina, spazieren gegangen auf dem Boulevard Kisseleff, dort, wo alle Villen, Botschaften und Konsulate sind.
Das Schicksal wollte, dass das Leben so verläuft. Wenn es anders gelaufen wäre, hätte ich nie meinen liebsten Mann getroffen. Es ist wahr. Ich musste 2000 Kilometer weit fahren und das nur, damit das Schicksal sich erfüllt. Wir sind jetzt schon über dreißig Jahre zusammen. Gott sei Dank, dass wir uns getroffen und erkannt haben, sag ich dir! Weißt du noch, wir waren auf der Sonnenseite des Lebens geboren und hatten alles. Hier in meine neue Heimat haben wir von 0 angefangen. Aber wir waren und sind immer glücklich.
Einmal sagte mir ein Freund:
„Was weißt du denn, in deinem Elfenbeinturm, was das Fußvolk will?“
Das war irgendwann zwischen 1975 und 1980, als die Kommunisten uns in einen goldenen Käfig eingesperrt hatten. Nachrichten aus dem Westen waren tabu, wir durften keine Kontakte mit Ausländern haben, die

außerhalb Rumäniens wohnten. Wir durften keine westliche Literatur lesen, sondern nur östliche. Wir bekamen russische, bulgarische, jugoslawische und tschechische Literatur. Wir durften keine Dollar haben; und die Wände hatten Ohren. Die Securisten waren überall und alle Telefone wurden abgehört. Meinen Elfenbeinturm habe ich mit meinem Mann hier in Deutschland gefunden und gebaut. Und das ist ein Wunder! Aber mehr davon werde ich dir später in einer anderen Mail erzählen. Ich glaube, wir haben uns in eine längst vergangene Zeit vertieft und ich muss jetzt dolmetschen gehen. Liebe Freundin, bis sehr bald! Dann können wir weiter die Ereignisse aus unseren Leben in schriftlichen Gedanken wiedererwecken. Es tut so gut, uns gedanklich so nah zu fühlen!
Bitte schreibe mir auch ein paar von deinen Erinnerungen, denn mit meinen bin ich noch lange nicht am Ende. Wie hatte Goethe, oder war Blaise Pascal aus dem Jahr 1656, in einem Brief an seinen Freund geschrieben? Ich glaube, es war so ungefähr: „Lieber Freund, entschuldige meinen langen Brief, für einen kurzen hatte ich keine Zeit!“«
Wie recht er hatte. Küsschen an alle. Deine Fee.«
»Kinder, so hat eure Ama mit ihrer Freundin kommuniziert.«
»Mama, Ama sprach so schön von Apa. Ich bin richtig glücklich, dass ich die zwei als Großeltern immer noch habe, egal in welche Form auch immer!«, sagt Sunny erleichtert.
»Ich auch. Ich bin auch glücklich, sogar sehr glücklich, denn sie sind meine höchstgeliebten Oma Mi und Opa

Pi.«, ergänzt Mara schnell.
»Ja, ist ja schon gut, Mara. Ich weiß schon, dass du zuerst auf der Welt warst. Du hast auch mal zu ihm gesagt:
„Opa Pile, was ist die Welt ohne dich? Nichts.“«, ergänzt Sunny ernst.
Aber jetzt mal zu etwas anderem. Wisst ihr, dass eure Ama sehr aufmerksam das politische Geschehen verfolgt hat? Sie hatte auch mal so etwas Spannendes geschrieben. Sie wollte bestimmt, dass wir nachvollziehen können, wie aufrüttelnd die Zeiten waren. Ich rufe mal das Gedankenarchiv auf. Also, der Titel ist „Die Sklaven des 20. Jahrhunderts“. Der Artikel beginnt so:
»Ich bin eine von euch, ich bin eine Sklavin des 19. und 20. Jahrhunderts. Wir sind gefangen in unsichtbaren Ketten der Gedanken. Befreien wir uns!«
»Hey Mama, Ama war so richtig aktiv, was? Sie hat schon ihre Meinung kundgetan, oder?«, fragt Sunny.
»Ja, und sie macht uns klar, wie es früher vor über Hunderten von Jahre war. Ich weiß nicht, ob es jetzt besser ist, aber ich muss sagen, man muss den Mut haben, das zu sagen, was man auf dem Herzen hat, stimmt‘s, Kinder?«
»Ja, Mama, deswegen sage ich dir jetzt auch, dass ich etwas auf meinem Herzen habe.«, spricht Mara weiter.
»Ja, und was?«, fragt Maya neugierig.
»Ich will heute Abend tanzen gehen, und zwar mit Marvin.«
Maya hebt ihre Augenbrauen und ihre Mundwinkel bewegen sich nach außen.

»Ich weiß, dass du ihn nicht magst. Ich weiß, dass du mich beschützen willst, aber du kannst mir nicht alle Erfahrungen nehmen, auch wenn sie schlecht sind.«, sagt Mara rebellisch.
»Ich habe verstanden, mein Schatz. Von mir aus kannst du weggehen. Es ist auch sinnlos zu sagen, wann du wieder nach Hause kommen sollst.«, antwortet Maya.
»Genau. Wenn du willst, kannst du sagen: „Mara, Schatz, nimm doch deinen Bruder mit.“ Ist das ein Deal?«, antwortet Mara verständnisvoll auf die Ängste ihrer Mutter.
»Du bist mein Schatz.«, sagt Sunny und fliegt vor lauter Glück zu ihr, ohne zu überlegen, dass er auch gehen könnte.
»Kinder, bitte, nehmt eure Anzüge mit. Am besten fliegt ihr darin eingemummelt! Wer weiß, wen ihr unterwegs noch trefft!«
Sie hatte gerade ihren Satz beendet, da schaute ein Flyschmi durch das überdimensionale Fenster, laut und aggressiv mit den Antennen hin- und herschaukelnd.
»Lauft, schnell, geht in eure Anzüge und fliegt zu Mike. Er hilft euch.«, ruft Maya atemlos, mit Sorgen und Angst im Gesicht.
»Was ist mit dir, Mama?«, fragt Sunny besorgt, bleibt aber mutig an ihrer Seite.
»Geh, nimm deine Schwester und flieg! Ich weiß nicht, wer sie geschickt hat.«
»Was ist passiert, warum reagierst du so panisch?«, fragt Sunny mit Furcht in seinen schönen braunen Augen.
»Das sind die Flyschmis. Sie sind die Spione der

Mutanten. Sie sind auf der entzweiten Erde geblieben, aber sie schicken von Zeit zu Zeit die Flyschmis zu uns, zu den Planetenkugelstädten.«, antwortet Maya besorgt.
»Warum?«, fragt Sunny.
»Sie wollen einen Weg finden, zu uns zukommen, noch wissen sie aber nicht wie. Sie haben durch das verkeimte Wasser verschiedene Medikamente und aus der Bombenkonsistenz verschiedene Superfähigkeiten bekommen. Sie können aber noch nicht fliegen, geschweige denn Telepathie anwenden. Aber sie werden von jemandem teleportiert. Wenn dieser Jemand Kilian ist, ist alles gut. Aber wenn nicht, kann es auch böse enden.«
»Sie können doch nicht reinfliegen, oder?«, fragt Sunny und greift nach seiner Waffe.
»Doch, und wie! Sie von selbst nicht, aber wenn jemand sie manipuliert, sind sie sehr gefährlich. Sie sind Teleportationen und sie können uns nicht nur verletzen, sondern auch töten. Geht, fliegt!«
Maya ist noch nicht fertig, aber Sunny zieht schnell seinen Anzug an und in dem Moment hört man nur ein lautes Krachen. Alle Fenster zerbrechen und Maya hechtet leise hinter den Geldschrank. Sie sieht, wie Sunny und Mara davonfliegen. Die Flyschmis fliegen hin und her, summen, suchen, filmen, bzzzzzen, und nehmen Proben aus Mayas Tabletten. Sie sind direkt neben ihr auf dem Büfett. Sie macht die Augen zu, drückt sie ganz fest zusammen und stellt sich vor, dass sie im Garten wäre. Sie spürt eine Hand, warm, fest, stark. Sie macht prompt die Augen auf und sieht Mike mit seiner Truppe. Maya kommt aus ihrem Versteck

hervor, wirft sich an seinen Hals und sagt:
»Wo warst du so lange?«
»Wieso, du hast mich nicht telepathisch gerufen, sondern Mara.«, er lacht, glücklich darüber, dass er ihren Duft so nah einatmen kann.
»Hast du die Kinder gesehen? Sind sie alleine weitergeflogen?«
»Nein, beruhige dich, ich habe ein paar Männer geschickt. Sie begleiten sie in das Tanzflyingparadies. Sie brauchen jetzt Abstand von den ganzen Geschehnissen.«
»Mara ist eine Kämpferin. Sunny ist noch ein Träumer. Er will in die Flying-Flotte Nova 1. Du weißt, was das heißt, oder?«, spricht Maya aufgeregt.
»Ja, ich weiß. Das sind die härtesten Jungs. Sie fliegen jetzt schon mit Lichtgeschwindigkeit. Ich weiß, dass er sich wünscht, sehr schnell zu Ama und Apa auf den Larahnova-Planeten und wieder zurück zu dir fliegen zu können. Er vergisst aber, dass er auch den sofortigen Befehl befolgen muss. Und das heißt kämpfen!«, antwortet Mike.
»Mike, sei ehrlich, du wirst ihn beschützen, oder?«
»Mit Sicherheit.«, Mike dreht den Kopf zu ihr und umarmt Maya.
So ganz fest an seine Brust gepresst, kann sie nicht sein dämonisches Lächeln sehen. Er spielt mit ihr und ist nur hinter ihren Gedankenfähigkeiten her. Er denkt beinahe laut:
»Kilian darf dich nicht haben. Er kann es gar nicht mehr, denn er ist auf der entzweiten Erde geblieben. Freund hin oder her, meine Zuneigung zu Mayas

Fähigkeiten ist viel größer. Abgesehen davon hat Kilian immer gegen mich gewonnen. Das ist allerdings seine schlimmste Niederlage. Maya gehört mir.«
Was Mike nicht weiß ist, dass Maya ihn hören kann.
Sie schaut Mike an und sagt:
»Mike, du weißt, dass ich niemandem gehöre. Höchstens meinen Kindern. Apropos gehören, hast du in der letzten Zeit Nachrichten von der Erde erhalten?«
»Maya, du willst fragen, ob ich Nachrichten von Kilian habe?«
Mike schaut Maya ganz tief in die Augen.
»Neinnn! Wo denkst du hin?«, antwortet Maya energisch, sodass Mike nichts daraus schließen kann.
»Als er nicht mit mir und den Kindern auf den Maranova-Planeten flog, sondern auf der Erde bleiben wollte, um den übriggebliebenen Völkern zu helfen, habe ich ihm ausdrücklich gesagt, dass Schluss ist. So habe ich es auch gemeint. Ihm war unsere Sicherheit nicht Grund genug. So, lass uns jetzt über einen Flug zu meinen Eltern sprechen. Wann können wir nach Larahnova fliegen?«
»Maya, jetzt geht es gar nicht. Die Flyschmis vermehren sich wie Gras.«, antwortet Mike.
»Hmm, Gras. Hast du den Geruch noch in der Nase?«, fragt Mike sie.
Maya verrät aber nicht, dass dies der Geruch ist, den sie mit Kilian auf dem Bauernhof gerochen hatte.
»Aber Maya, wenn du den Geruch haben willst, schenke ich ihn dir, aus dem alten Museum auf dem Lyrastern. Willst du?«
»Mit Sicherheit will ich das. Danke, Mike. Sag mal,

musst du nicht zu deiner Truppe zurückfliegen? Hier ist nichts mehr zu retten.«, sagt Maya in der Hoffnung, dass Mike weggeht.
»Nein, für heute reichts. Ab sofort bin ich frei. Ich werde wie immer gut auf dich aufpassen.«
Mike hat sich nicht anmerken lassen, dass er denkt, dass sein Plan aufgegangen ist. Denn er hatte die eingesperrten Flyschmis freigelassen und so programmiert, dass sie zu Mayas Haus fliegen. Was Mike allerdings nicht wusste und nicht weiß, ist, dass Kilian von der Erde aus dem Hauptkommandocenter alles sehen und manövrieren kann. Mike weiß auch nicht, dass die Flyschmis nur auf Kilians Kommando reagieren. Die Flyschmies waren und sind nie eine reale Gefahr für Mara und die Kinder gewesen. Als Mike dachte, dass er sie umprogrammiert hatte, hat in Wirklichkeit Kilian all das getan, um Mike dranzukriegen. Aber Maya war nicht eine Sekunde gefährdet. Deswegen waren die Flyschmies auch so harmlos, nur furchterregend, mehr auch nicht. Wenn Mike sie programmiert hätte, wären sie zornig und unberechenbar gewesen. Er kann allerdings auch nicht programmieren. Kilian kann alles sehen, was mit Maya und den Kindern geschieht, dank der implantierten Mutanten-Chips unter Mayas Haut. Sie sind von Kilian selbst nur für die gute Seite programmiert.
»Warte nur, Mike, du Verräter! Du denkst, dass du meine einzige, größte Liebe, meine Maya, stehlen kannst? Du kannst ihr viele Lügen auftischen. Sie wird dir nie glauben. Du weißt gar nicht, was für Fähigkeiten sie hat, du Dummkopf. Ich werde es dir beweisen. Wie

sagte mein Urgroßvater vor hunderten Jahren: »Kommt Zeit, kommt Rat. In der Ruhe liegt die Kraft.«, spricht Kilian leise vor sich hin.
Kaum jemand weiß, dass Kilian der Anführer der Erdlinge war und geblieben ist. Das wissen nur seine Vertrauten und Maya. Nach der Explosion der Atombombe ist die Erde nur noch partiell bewohnbar. Neue Arten von Tieren und Menschen machen sich zunehmend breit. Kilian weiß, wie man führt, denn auch schon vor den Ereignissen war er ein Kampfführer. Dass er auch kämpfen kann und körperlich topfit ist, verdankt er seinem Freund Compücap. Er ist halb Mensch und halb Maschine. Abgesehen von der Hauptcap im Hauptquartier ist Compücap Kilians bester Freund. Als Anna, die schwarzhaarige Amazonen-Kämpferin, ihn fragte: »Warum sind Compücap und Hauptcap deine besten Freunde?«
Kilian hat geantwortet:
»Weil ich beiden das Leben gerettet habe. Damals wollten manche Wissenschaftler und ein paar Politiker die Formel, die sie zum Leben erweckt hätte, vernichten.«
Kilian ist groß, kräftig, mit blauen Augen und blonden Haaren. Sein Wesen, seine Gutheit ist den Engeln gleich und er besitzt die Kraft der Götter.
Versushauptcap im Universum ist der Macher, der Kopf, der Denker von Milliarden von Menschen. Diese Menschen wurden dank der Mutanten-Chips und dem Versushauptcap gerettet. Kilian selbst hat zusammen mit Fee für den Erfolg am Versushauptcap

mitgearbeitet. Er war derjenige, der Maya, die Kinder und alle anderen Menschen in die Allkugelhäuser, in die Weltfamilienkugelstädte geschickt und manche auch hingeflogen hat. Selbstverständlich hat er auch eine martialisch ausgebildete Armee hinter sich. Er lebt im Höhlenquartier, in hochspezialisierten Computerhöhlen.
Maya schaut nach rechts und sieht Kilian.
»Kilian, Gott sei Dank, du bist endlich da! Ich habe dich mit meinen Gedanken kontaktiert. Warum hat das so lange gedauert? Ich dachte schon, Mike hätte unseren Gedankentransport aufgeschnappt.«, spricht Maya mit aufgeregter Stimme.
»Maya, ich habe dich gehört, aber ich musste als erstes Mike im Glauben lassen, dass er dich und deine Fähigkeiten beherrscht.«, antwortet Kilian ruhig.
»Komm in meine Arme, mein Schatz!«
Maya stupst Mike beiseite und fliegt in Kilians Arme. Sie küssen sich leidenschaftlich. Mike versucht, einen Schritt auf sie zuzugehen.
»Stopp! Beweg dich nicht, Mike. Du bist ein Verräter. Aber ich werde mir später überlegen, was ich mit dir machen werde. Jetzt bin ich mit meiner größten Liebe beschäftigt, wie du siehst!«
»Wir sind doch Freunde.«, bettelt Mike mit verzerrtem Gesichtsausdruck.
»Freunde? Wenn du meine Kinder in Gefahr bringst? Nennst du das Freundschaft? Verschwinde aus meinem Haus und aus meinen Augen.«, sagt Maya aufgeregt.
»Nein, nein, nein, nicht so schnell, Mike. Die Flyschmies werden dich in mein Hauptquartier auf der

Erde bringen. Dort kannst du keinem Verbrecher mehr über die Fähigkeiten von Maya und den Kindern berichten. Schluss.«, wirft Kilian ein.
»Maya und die Kinder sind in meiner Obhut. Wir sind überall zuhause, denn die Gedanken sind frei. Du kannst niemanden stoppen. Fee wird sich um deinen Verstand kümmern, da bin ich mir sicher.«
Kilian schaut Maya intensiv an und sagt:
»Sie wusste, dass ich komme, deshalb hat sie noch nichts unternommen.«
»Kilian, mein Kilian.« Maya drückt ihn noch fester an sich.
Sunny kommt in seinem weißen Anzug durch das große Fenster angeflogen. Er sieht wie ein Engel aus. Er sagt:
»Wir wussten, dass du kommst. Fee hat es uns berichtet, denn Mama konnte nicht riskieren, dass Mike ihre Gedanken auffängt. Danke, Papa! Du bist der Größte.«
»Ich liebe euch auch, meine Kinder. Die Mama, genau wie euch Kinder, liebe ich über alles. Ja, Fee, ich habe verstanden.«, spricht Kilian auf einmal lächelnd.
»Kommt, wir gehen uns jetzt amüsieren! So wie es Ama Fee mit Apa immer gemacht hat, und immer noch macht, selbstverständlich gedanklich.«, sagt Sunny glücklich.
Sie lachen, umarmen sich und fliegen in Kilians modernem Flyschmies, das zu einem Haus umgebaut worden ist.
»Ihr seid meine Familie. Super gemacht Kilian. Denkt immer darüber nach, wie ihr eure Gedanken einsetzt. Denkt gut, was und wann ihr denkt, an wen, und wie ihr

sie einsetzt und transportiert. Kämpft alle weiter für die Gerechtigkeit, meine lieben Gedankenfreunde, und lasst nicht zu, dass noch mehr Menschengedanken infiziert oder verändert werden. Ich denke auch immer an euch und werde für immer eure Beschützerin sein.«, hört man Fees Gedankenworte.

Und die Vier bekommen dieses wunderbare, außergewöhnliche Gedankengefühl als Botschaft von Fee.

»Der Kampf von uns, den Gedankentransportern, fängt jetzt erst richtig an.«, hört man weiterhin Fees Stimme, wie Rauch im Wind, der die Blätter in den Bäumen tanzen lässt, und wie die Energiewelle der Billionen Herzensschläge.

»Meine Freunde, vergesst nicht. Ich bin Fee, der stärkste Gedankentransporter. Ich werde euch beschützen und für immer begleiten und führen. Ihr werdet immer und überall meine Gedankenstimme hören.«

Kapitel VII

GENERATION X
(zwei Stunden)

Jean-Jacques Rousseau

Die Jugend ist die Zeit, die Weisheit zu lernen. Das Alter ist die Zeit, sie auszuüben.

Sofia steht neben dem Fenster, lehnt sich an die Wand, mit dem rechten Fuß über die Fessel des linken Beins, und schaut in Gedanken vertieft auf die Straße.
»Sofia, Sofia!«, ruft Fee zweimal.
»Ja, ja?«, antwortet Sofia wie aus dem Traum erwacht.
»Sag mal, wo warst du mit deinen Gedanken? Ich musste dich zweimal rufen.«, sagt Fee, mit einem Lächeln im Mundwinkel.
»Ich habe meine ganze telepathische Kraft bündeln müssen.«
»Ach Fee, weißt du doch, wie immer halt. Die Männer.«
»Ach, wenn es nur das ist.«, antwortet Fee lächelnd.
»Du hast gut lachen, Fee. Du bist schon ewig verheiratet. Ich dagegen bin immerhin 39 Jahre alt, habe zwei Kinder, und kein Traummann ist in Sicht.«
»Na siehst du, du gibst dir schon selbst die Antwort, Traummann. Sie sind schon längst ausgestorben, oder besser gesagt, man kann sie mit der Kerze suchen.«, spricht Fee ernst.
»Ja, ich will auch so einen Mann, wie du einen hast.«, sagt Sofia schnell hinterher.
»Das glaube ich dir, aber „Es kann nur einen geben, ein Saarländer!“ und er ist für mich bestimmt. Aber deine Zeit kommt mit Sicherheit, meine Liebe.«, spricht Fee mit Nachdruck in der Stimme.
»Fee, hier muss ich dir recht geben. Das wird passieren, wenn die Kinder groß sind und ich eine ziemlich alte Frau.«
»Sag mal, wo ist dein Optimismus hin? Hast du ihn versteckt in irgendeiner Tasche?«, sagt Fee witzig.

Sofia muss schmunzeln.
»Ist ja gut, du hast recht.«, antwortet Sofia.
Fee spricht weiter.
»Jeder hat mal eine schreckliche Zeit durchgemacht, oder Liebeskummer erlitten, oder den Tod eines nahen Angehörigen bewältigen müssen. Keiner ist gegen traurige und manchmal sogar beängstigende Erlebnisse gewappnet, glaub es mir! Meine Formel ist, sich selbst an den Haaren herausziehen, bildlich gesehen selbstverständlich, und liebe Menschen um sich zu versammeln. Und du darfst den Humor nicht vergessen. Weißt du was, ich habe gehört, dass, wenn es den Rumänen ganz schlecht ging, sie genau dann die meisten Witze machten. Ich glaube aber, dass die meisten Völker das Gleiche tun. Also machen wir auch das Gleiche, schmücken wir unsere Leben mit Humor.«, antwortet Fee überzeugt von ihrem Gedanken.
»Ich bin so froh, dass du meine beste Freundin bist. Du kannst mich schnell zum Lachen und mit beiden Beinen auf unsere sogenannte Erde zurückbringen.«
»Tja, Sofia, meine Mama hat immer zu mir gesagt: „Schatz, bleib mit vielen jungen Menschen zusammen und dann bleibst du auch jung. Du verstehst sie besser und kannst jeder Zeit mitreden.“«
»Kluge Mama hast du gehabt.«, sagt Sofia mit Bewunderung.
»Sie war nicht nur klug, sondern auch unwahrscheinlich lieb. Und konnte wie eine Löwin kämpfen.«, sagt Fee ein wenig nostalgisch.
»Aber jetzt etwas anderes. Sag mal, wo drückt der

Schuh? Welcher Mann raubt dir wieder mal den Schlaf? Wenn du gar keine Lust zu erzählen hast, dann lass es. Wenn du aber bereit bist, brauchst du mir nur Bescheid zu sagen. Ich bin für dich da. Du kannst mich kontaktieren und mir alles erzählen, oder einfach vorbeikommen. Ich bin da. Weißt du, ich habe es schon einmal gesagt. Alle gehen, kommen, gehen wieder, sie kommen wieder und ich bin wie eine Säule, immer da.«
Fee lacht amüsiert.
»Ich verspreche, danach geht es dir mit Sicherheit besser. Man sollte ein Loch entwerfen, so eins, das jeder mit nach Hause nehmen kann und, wenn man alleine ist, sollte man hineinschreien so laut wie man nur kann und will. Allerdings muss das Loch die Töne verschlucken, ansonsten könnte es sein, dass die Nachbarn kommen: „Oh je, was ist nur los mit Ihnen, Frau Sofia?".«
Fee mach die Nachbarin Frau Kreck nach. Eine ältere, nette und telepathische Dame mit grauen Haaren, gezeichnet von der Zeit, mit vielen Falten, aber ganz schön neugierig.
Beide lachen kräftig mit Tränen in den Augen.
»Ach Fee, hör auf, ich kann nicht mehr, meine Gesichtsmuskeln tun mir weh!«
»Also, wie gesagt, ich bin wirklich immer für dich da.«, antwortet Fee.
»Ich muss jetzt weg, aber wenn du Zeit hast, komme ich wieder zu dir und du gibst mir eine Tasse Kaffee, so lecker, wie du ihn machst, und dann will ich mit dir sprechen. Abgesehen davon brauche ich auch deinen Rat.«, spricht Sofia mit einem bettelnden Ton.

»Mein Schatz, du weißt es doch. Alle gehen und kommen…«
»Ja, ja, ich weiß, und du bist immer noch zu Hause.«, beendet Sofia schmunzelnd den Lieblingssatz von Fee.
»Du treue Seele!«, ruft Sofia, nimmt ihre Tasche und geht in Richtung Tür. Fee geht ihr hinterher.
»Sofia, weißt du was, ich begleite dich mit dem Seelenzeitlift nach unten. So haben wir mehr Zeit zusammen. Abgesehen davon haben sich noch ein paar Leute gemeldet.«
»Ach Fee, du bist ein Schatz. Du hast nicht vergessen, dass ich Klaustrophobie habe, stimmt‘s?«
»Stimmt.«, antwortet Fee zufrieden.
Sofia drückt auf den Mentalknopf, um den Lift in die zweite Etage zu holen. Währenddessen sammeln sich noch zwei Personen vor dem Lift und denken, dass sie das gleiche wollen. Na klar, was denn sonst, mit dem Lift nach unten fahren.
»Guten Tag!«, sagt Fee.
»Guten Tag!«, antworten die Frau, so zwischen 20 und 30 Jahre alt, und ein flotter, moderner, tätowierter Junge.
»Die Jugend begleitet die Älteren.«, schmunzelt Fee amüsiert.
»Fee, ich bin genau dazwischen. Wie soll ich sagen, jung oder älter?«, spricht Sofia ein wenig verlegen.
»Immer jung sagen, immer! Das kling positiv. Ist wie mit dem Wasserglas, halbvoll und nicht halbleer.«, antwortet Fee.
Sofia und Fee lachen herzhaft. Die junge Frau lächelt. Nur der junge Mann verzieht keine Miene. Sofia geht

es gut. Sie weiß, dass Fee jetzt in ihrem Element ist und allen helfen kann.
Der Lift mit Gedanken aller Art ist inzwischen angekommen.
Fee macht die Tür auf und der Junge drängt sich als erster rein. Es folgt ihm die junge Frau, dann Sofia und Fee geht als letztes rein.
»Na ja, die Zeiten haben sich geändert. Jetzt heißt es Schönheit vor Alter.«, lacht Fee vergnügt und schaut Sofia doppeldeutig in die Augen.
»Was wollen Sie damit sagen?«, spricht auf einmal der junge Mann und schaut mit einem bösen, furiosen Blick Fee direkt in die Augen.
»Ich meine, was ich sage, und sage, was ich meine, junger Mann. Es ist nichts passiert.«
»Aha, das will ich Ihnen auch geraten haben.«, antwortet er unfreundlich zurück.
Fee zieht die Lippen zusammen und hebt ihre Augenbrauen.
Auf einmal bleibt der Lift stecken und durch den Ruck wackeln alle ein wenig hin und her.
»Fuck you! Was ist jetzt los?«, fragt der Junge erbost.
»Ich glaube, wir stecken fest.«, antwortet Fee.
»Von den Alten kann nichts Gutes kommen. Fuck!«, spricht er wieder grimmig.
»Sie täuschen sich, junger Mann.«, antwortet Fee.
»Dieses Haus ist alt, nur dieser Zeitraumseelenlift ist ganz neu. Aber so kann man sich im Leben täuschen.«
»Sie sind ganz schön intelligent und haben jedes Mal auf alles eine Antwort, was?«, schaut der Junge erneut mit einem bösen Blick Fee an, ohne auf die Anmerkung

von Fee einzugehen.
»Nein, intelligent vielleicht denke ich, aber Schlauheit ist bestimmt ein bisschen mehr drin. Denn die gesammelten Jahre sind die Erfahrungen, die uns ausmachen und unsere Gedanken reicher werden lassen.«
»Ja, wenn Sie so viel Erfahrung haben, dann können Sie uns bestimmt sagen, was zu machen ist, um endlich aus diesem Engpass rauszukommen.«, brummt er zurück.
»Von welchem Engpass sprechen Sie? Ist ja klar, junger Mann, Sie brauchen nur auf den roten Knopf zu drücken und Bescheid sagen über unsere Situation. Es wird sich bestimmt die Stimme des Gedankennotdienstes melden.«, antwortet Fee ruhig.
»Ihr habt mich in eurem Kummer doch kontaktiert. Ihr braucht meine Hilfe.«, denkt Fee leise, sodass sie keiner hören kann.
»Fuck, schon wieder ganz schlau.«, antwortet er frech und drückt trotzdem, nach Fees Anweisung, den roten Knopf.
Nachdem er sich selbst mit seinem unfreundlichen Gedanken auseinandergesetzt hat, dreht er sich zu Fee und Sofia um und sagt:
»Es tut mir leid, Leute, aber heute ist nicht mein Tag. Fuck Tag, sag ich euch.«
»Junger Mann.«, antwortet Fee.
»Wissen Sie was? Wir haben alle Zeit der Welt. Wir stecken alle fest. Sie können mir ihre Sorgen anvertrauen. Sie haben mich kontaktiert, wenn auch unbewusst. Kommunikation ist alles. Meine Mama hat

immer zu mir gesagt…«
Sofia ergänzt Fees Aussage und spricht in ihrem Namen weiter:
»…Fee, umgebe dich mit jungen Menschen. Nur so kannst du sie verstehen und dich in ihre Probleme hineinversetzen. Und nur so bleibst du jung.«
Die beiden lächeln sich an.
»Ihre Mama war auch sehr schlau, was?«
Der junge Mann macht wieder eine zweideutige Bemerkung.
»Sie geben ganz schön Gummi! Aber ich kenne Sie gar nicht. Wieso soll ich gerade Ihnen etwas anvertrauen?«
»Junger Mann, wie heißen Sie denn, wollen Sie mir ihren Namen nicht verraten?«, fragt Fee.
»Warum nicht, ich heiße Ray. Geiler Name, was?«
Er streckt die Hand aus und Fee schüttelt sie.
»Angenehm, Ray.«, sagt Fee.
Er zieht die Hand schnell wieder zurück.
»Das war wie ein Blitzschlag.«, denkt Ray ein wenig erschreckt.
»Schau, wir sitzen alle im gleichen Boot. Das ist meine Freundin Sofia. Sie ist auch zu mir gekommen, weil sie mir auch etwas anvertrauen und erzählen will.«
»Fuck, das ist Ihre Freundin, ich bin aber nicht Ihr Freund.«
»Ich heiße Fee.«, antwortet sie ganz schnell und streckt ihm die Hand entgegen. Er nimmt sie automatisch an und spürt für eine Sekunde einen innigen und intensiven Kontakt zu ihr. Ray, ein wenig verwirrt, zieht seine Hand dieses Mal langsamer zurück.
»Wir haben alle etwas Trauriges, was uns auf dem

Herzen liegt.«, fährt Fee fort.
»Die kleinen Kinder haben ihre Probleme. Für sie erscheinen die Probleme aber ganz groß. Nur wir können sie nicht so groß sehen. Manche von ihnen haben tatsächlich große Probleme, denn manche werden missbraucht. Früher ist das ziemlich oft passiert und die meisten Richter haben die Augen zugemacht vor der Problematik. Jeder Mensch, in jedem Alter, trifft in seinem Leben auf Schwierigkeiten. Leben heißt, das Leben zu meistern. Keiner hat gesagt, dass das leicht ist. Aber wir müssen sie für uns selbst schön gestalten. Indem wir uns austauschen und mitteilen, sind die Schwierigkeiten auf unseren Schultern leichter.«
»Sind sie Psychologin oder so etwas?«, fragt die junge Frau, ohne zu merken, dass sie selbst, wie die anderen auch, Fee kontaktiert hat.
»Denn wenn dem so ist, haben wir sozusagen Glück im Unglück. Ich habe auch ein paar Fragen parat. Und ich heiße übrigens Anna.«
Sie spitzt die Lippen und wartet neugierig auf Fees Antwort.
»Leider nein. Ich bin nur eine Gedankentransporterin und ein wenig älter. Ich habe mehr in meinem Leben erlebt als ihr. Das ist alles. Die Erfahrung macht es.«, antwortet Fee lächelnd, ohne ihre wahre Identität und Berufung zu verraten.
»Wir sind sozusagen Bekannte.«, antwortet Anna.
»Ja, so was in der Art.«, spricht Ray, während er Anna anlächelt.
»Wenn wir uns noch mehr gegenseitig anvertrauen,

sind wir gute Bekannte?«, fragt Sofia stolz.
»Fuck, die Frau hat recht.«, sagt Ray.
Er lächelt das zweite Mal.
»Leute, wie wär's, wenn wir uns auf den Boden setzen?«, fragt Ray in seiner lässigen Art.
»Ich glaube, Ray hat recht. Die Zeit geht nicht schneller, wenn wir stehen. Bei uns Alten laufen die Uhren sowieso rückwärts.«, sagt Fee und alle lachen vergnügt.
»Wir Alten können auch von den Jungen lernen, oder? Diese Hektik in unserem Leben, diese Eile, die Angst, die größer und größer wird, umso älter wir werden.«, spricht Fee, während sie sich hinsetzt.
»Die Angst? Angst vor was?«, fragt Anna.
»Ja, die Angst.«, antwortet Fee.
»Angst um seine Lieben, Angst, dass die Zeit nicht mehr reicht, um die Enkel groß, mit der Schule fertig und dann noch verheiratet zu erleben. Angst, dass man mit dem liebsten Partner, zu zweit, nicht mehr genug Zeit zu genießen hat, wegen all der Arbeit. Aber die Zeit bleibt nicht stehen. Und das ist gut so. Apropos, kennt ihr den Witz „mit so einem langen Bart" über die Deutschen?«
»Ja, wir kennen viele Witze, aber welchen willst du uns erzählen, Fee?«, fragt Sofia.
»Also, wisst ihr, warum die Deutschen nicht auf die Straßen gehen, wie ihre französischen Nachbarn, um zu demonstrieren?«
»Nein, warum?«, antworten alle drei gleichzeitig.
»Na, weil die Deutschen immer arbeiten müssen.«
Alle lachen und ein noch größeres unsichtbares Band

hält sie zusammen.
»Ja, wir Menschen haben praktisch Angst, das schöne Leben zu verlassen, denn wir glauben und hoffen, mehrmals zu leben. Wir wissen aber nicht ganz genau, in welcher Form. Oder ist es möglich, aber gerade wir fallen leider in die Kategorie „Nie wieder Wiedergeburt". Aber Kinder, unsere Gedanken leben als Energie weiter, praktisch ewig.«
Fee spricht mit einer tiefen, fröhlichen Stimme, um den Ernst ihrer Aussage ein bisschen zu mildern und die jungen Menschen nicht zu erschrecken. Es ist ihr gelungen. Ray sagt:
»Hey Fee, fuck, du bist auch noch witzig. Wie geil ist das denn? Das gefällt mir.«
»Ray, sag mal, wieso sagst du immer fuck, oder fuck you?«, fragt Sofia neugierig.
»Na ja, das zeigt einfach, dass wir, ihr nennt uns doch die „junge Generation", locker, multikulti und cool sind.«, antwortet Ray.
»Ray, weißt du was?«, sagt Fee.
»Was?«
»Wir waren auch jung. Wir sind nicht alt auf die Erde gekommen. Und wir sind auch nicht klüger, schlauer oder cooler. Du hast recht, Ray. Durch unsere Haltung sehen uns die Menschen cool, oder auch nicht.«, sagt Fee.
»Wir haben auch rebelliert. Wir waren auch manchmal ungezogen. Wir haben auch versteckt geraucht oder die Uhrzeiger zurückgedreht und das nur, um die Zeit auf den Partys in die Länge zu ziehen. Aber Respekt haben wir immer gehabt, vor den Eltern oder auch anderen

fremden Personen, ganz einfach vor den Menschen. Wenn du, lieber Ray, anstatt fuck oder fuck you zu sagen, mit erhobenem Kopf und geraden Schultern gehst und hallo sagst, weißt du, wie die Menschen dich sehen?«

»Nein, fuck nein.«, antwortet Ray.

»Ich verrate es dir. Wir sehen einen jungen, coolen, stolzen Mann.«

»Aha, aber was ist mit meinen Tätowierungen? Alle denken direkt, dass man asozial ist. Dabei gibt es unter uns Banker, Künstler und sogar Wissenschaftler.«

»Das glaube ich dir auch.«, antwortet Sofia.

»Ja, klar, ich glaube dir auch, Ray. Aber die Banker sagen nicht fuck you, oder?«, antwortet Anna und lächelt ihn nett an.

»Ich glaube dir auch, aber du könntest alle Tätowierungen nicht immer und überall zeigen. Du könntest sie nur ab und zu entsprechend der Gelegenheit frei zeigen. Nur so kannst du die ältere Generation oder die, die sich für wichtig halten, nicht erschrecken, buh, buh!«

»Das war gut Fee, das war gut. Ich habe mich getäuscht. Du bist echt witzig. Fuck you Schicksal, du hast sogar erreicht, dass ich meine Probleme vergesse. Fuck, ähm, nein, nicht fuck. Ja, das stimmt, du hast mir meinen Liebeskummer weggezaubert, glaube ich.«, sagt Ray immer noch lächelnd.

»Deswegen warst du so mürrisch vorhin?«, stellt Sofia fest.

»Ja, genau.«, antwortet Ray.

»Hat sie mit dir Schluss gemacht?«, fragt Anna.

»Ja, ich glaube schon.«, antwortet Ray enttäuscht, aber ehrlich.
»Sei nicht mehr traurig!«, sagt Anna.
»Sie hat dich für mich freigegeben. Hast du jetzt Zeit? Möchtest du eine Tasse Kaffee mit mir trinken gehen, in der Cafeteria um die Ecke? Sie haben auch sehr guten Kuchen, ich schwör!«, versucht Anna ihn zu überzeugen.
»Hast du einen Freund? Denn ich will keine Schwierigkeiten bekommen. Weißt du, was ich meine? Ich presse nicht die Arschbacken zusammen. Ich gebe Feuer, weißt du?«, antwortet Ray.
»Nein, ich habe keinen Freund. Wir haben vor einer Woche Schluss gemacht. Also, wir sind beide frei.«
»Wie fühlt sich das an?«, fragt Fee Ray.
»Jetzt, da Anna mich zum Kaffee eingeladen hat, gut.«
»Siehst du, Ray, auch so ein Steckenbleiben hat etwas Positives. Jede negative Erfahrung kommt uns in dem Moment tragisch und schlimm vor. Aber es zeigt genau das, was wir nicht mehr wollen. Also, es ist doch positiv.«, sagt Fee zufrieden.
»Ach Fee, du musst unter die Telepathen-Psychotherapeuten gehen.«, sagt Sofia lachend und zwinkert ihr zu, ohne die wahre Identität von Fee zu verraten.
»Oder am besten vereinbarst du feste Termine im Lift. Fee, so kannst du allen, die Probleme haben, helfen.«, sagt Ray und alle lachen vergnügt.
»Ja, aber wenn der gute Gedankenmechaniker nicht endlich kommt, dann wird's heute mit unserem Kaffee auch nichts.«, sagt Ray enttäuscht und schaut Anna

genauer an.
»Die Puppe schaut richtig süß aus. Unterirdischer, du hast richtig Glück.«, denkt sich Ray und sein Gesicht strahlt auf einmal.
»Kinder, ihr habt schon eure Gründe, warum ihr Schluss gemacht habt. Was meint ihr? Beendet ihr junge Menschen euere Beziehungen nicht zu schnell? Schmeißt ihr vielleicht zu schnell die Flinte ins Korn?«, fragt Fee.
Auf einmal senkt sie den Kopf und wirkt wie im Koma oder einer Trance.
»Oh fuck, was ist mit Fee?«, spricht Ray besorgt.
»Mach dir keine Sorgen, sie kommt gleich zurück. Es hat sie nur jemand gerufen.«, antwortet Sofia ganz entspannt, denn sie ist das ja gewöhnt mit Fee. Sie kennt auch ihr Geheimnis, denn sie sind sehr gute Freundinnen.
»Oder vielleicht entwickeln sich zu viele Missverständnisse.«, will Sofia gerade erklären, aber in dem Moment ist Fee wieder da.
»Kinder, ich musste nur kurz weg. Es gibt nicht nur gute Menschen, sondern auch böse Gedankenverfolger.«, versucht Fee die Situation lapidar zu beschreiben.
»Fuck, wo warst du?«, fragt Ray mit Sorge in den Augen.
»Ach, das war nichts. Es hat mich nur jemand noch dringender gebraucht. Ihr nehmt mein Dasein anders wahr.«, antwortet Fee und spricht weiter, ohne auf Rays Sorge zu achten.
»Ich verstehe gar nichts mehr.«, sagt Ray und

überkreuzt seine Arme.
»Es gibt einfach viele Missverständnisse auf der Welt. Also, so etwas wie Streit, Auseinandersetzung, oder wie die Diskussionen alle heißen, haben alle Pärchen. Wer sagt, dass er keine Diskussionen mit dem Partner hat, der lügt! So ein Regen macht die Luft aber ganz schön sauber. Die Wiedergutmachung ist umso schöner danach.«
Alle sprechen auf einmal gutgelaunt das Gleiche zusammen aus:
»Oh ja, Fee, wie recht du hast.«
»Ich finde es fabelhaft, dass auch Mädchen die Möglichkeit haben, sich vor der Ehe den richtigen Partner auszusuchen, wenn ihr wisst, was ich meine.«, sagt Fee lächelnd.
»Na klar, ficken.«, antwortet Ray.
»Na ja, so direkt wollte ich das jetzt auch nicht sagen, obwohl ich schon eine ziemlich direkte und offene Person bin.«, sagt Fee herzhaft lachend.
»Oh, ja, das kann ich nur zu gut bestätigen, meine liebe Fee.«, sagt Sofia sichtlich amüsiert.
»Es stimmt schon, dass wir schneller Schluss machen als früher.«, antwortet Anna.
»Wir sind emanzipierter als ihr.«
»Na gut, wenn ihr das Emanzipation nennt, wenn ihr euch besauft oder euch an den Stränden trefft, um zu ficken, wie Ray sich ausdrücken würde, dann glaube ich, dass manche Mädchen es den Jungs doch ein wenig zu leichtmachen, oder die Jungs wollen tatsächlich nur das Eine, ficken. Und die jungen Frauen, die nur richtige Beziehungen haben wollen, haben es damit viel

schwieriger. Und kein Mann ist noch ein Gentleman. Sie posaunen, wenn sie eine Frau ins Bett kriegen. Das ist wirklich nicht gentlemanlike.«, sagt Fee und verzieht ein wenig ihr Gesicht.

»Mit anderen Worten, die Jungs haben es leichter, zu ficken, um es in Rays Sprache auszudrücken.«, gibt Anna ihre Meinung frei.

»Fee, aber das, was du beschreibst, ist nur ein Zusatzlos, einfach Spaß.«, antwortet Ray amüsiert.

»Wisst ihr, auch wir Alten haben unseren Spaß gehabt. Oh ja, meine Lieben. Sogar mit 60 in konservierter künstlicher Intelligenz haben wir noch diesen sogenannten „geilen Sex“. Es ist einfach ein warmes, intensives und jedes Mal ein neues Gefühl. Manchmal denken wir sogar, dass wir 30 Jahre alt sind. So ein wildes, jugendliches Gefühl bekommen wir. Wir spüren uns, schwitzen, wir ertasten uns verführerisch, um direkt danach wieder in laszive Küsse überzugehen und die Vielfalt der Gefühle zu vermehren, bis zur Ekstase. Und alle diese Gefühle teilt man mit dem einen Menschen, den man praktisch in- und auswendig kennt. Jetzt habe ich aus dem Nähkästchen geplaudert. Es hat sich so ergeben, zwei auf zwei Meter, im Zufallsseelenblasenliftriss über die wahre Liebe zu sprechen.«

Fee rollt die Augen und lächelt zufrieden, als ob sich die Erinnerungen vor ihren Augen abspielen würden. Alle lachen und die Spannung verfliegt sofort.

»Habe ich recht?«, Fee schaut allen in die Augen.

»Na ja, man kann viel darüber diskutieren und sich auch streiten, ob die wahre Liebe aufregender ist, als ein One-Night-Stand. Der feststeckende Seelenblasenlift lässt uns nicht genug Zeit dafür, glaube ich.«, antwortet Anna mit einem wichtigen Unterton in der Stimme.

»Das glaube ich auch. Also, mein Vorschlag mit einer Seelenblasenlifttherapie ist doch geil.«, sagt Ray.

»Wir müssen nur unsere Codes anpassen.«, antwortet Anna schnell.

»Unbedingt, aber mein Mann wird zu mir sagen: „Ruhig, Brauner, wir brauchen Ruhe!“«, antwortet Fee nachdenklich.

»Diese Seelenblasenlifttherapie, wie du es nennst, Ray, ist nichts anderes als der sogenannte „Weltall-Seelenblasenliftriss.“. Das Herz ist jung geblieben, aber die Hülle hält nicht mehr so wie früher, nur bei einem Teil der Menschen in konservierter Form. Manchmal müssen wir unsere Hülle ölen, mit Cremes aller Art. Wie hat meine Mama zu mir gesagt: „Schatz, wenn du alt bist, sprießen die Haare im Gesicht und auf den Beinen verschwinden“. Das wolltet ihr jetzt nicht so genau wissen, was?«

»Warum nicht, mich interessiert das schon.«, antwortet Anna verständnisvoll.

Fee lächelt.

»Trotzdem, mein wichtigstes Instrument ist die Pinzette, glaub es mir. Als ich 20 Jahre alt war, hat es mich nicht mal die Bohne interessiert, genau wie euch jetzt. Logisch! In dem Alter denkt man, alles was fliegt, kann man essen, und alles was glänzt, ist Gold. Alt werden ist nichts für Feiglinge.«

»Das haben auch unsere Großeltern gesagt.«,

unterbricht Sofia die Rede von Fee.
»Wir bleiben aber jung dank euch jungen Menschen, Enkelkindern, Kindern oder jungen Freunden. Unsere Gehirne bleiben besser konserviert als die Hüllen. Zum Gehirn senden die Seelen Energien und diese erzeugen die Gedanken. Telepathie haben wir schon immer in uns gehabt. Untersucht wurde sie erst viel später, genau wie die DNA Änderungen. Aber wie ihr seht, manchmal trifft das Zufallsprinzip zu. Oder war es gar kein Zufall? Ich finde es toll, wie wir heute voneinander und miteinander lernen. Wir Alten, wisst ihr, brauchen uns nicht mehr zu beweisen. Es gibt tatsächlich auch Vorteile, wenn man länger auf der Erde ist und in der Luft krabbelt und schwebt. Wir können die übriggebliebene Zeit intensiver genießen.«, sagt Fee.
»Ach, lassen wir das, ich schwelge wieder mal in Erinnerungen. So war es früher, und jetzt sind die Gedankentransporte das wichtigste Instrument für mich.«
Fee scheint nachdenklich zu sein.
»Das finde ich auch.«, sagen Anna und Ray gemeinsam.
»Meine Oma ist für mich der wichtigste Mensch in meinem Leben. Sie sagt zu mir:
„Anna, Schatz, das Leben ist ein Wimpernschlag.“ Wisst ihr was, ich glaube auch, dass das so ist. Es gibt bestimmt auch andere Wege und Möglichkeiten sich zu treffen. Sei es auch nur durch Gedankenenergietransport.«
Anna blickt Ray tief in die Augen. Jetzt schauen und

strahlen sie sich gegenseitig an.
»Meine Gedanken waren auch direkt bei meinen Großeltern.«, antwortet Ray sichtlich berührt.
»Darf ich eine Bemerkung machen?«, sagt Fee.
»Logo darfst du.«, antwortet Ray.
»Ihr passt gut zusammen. Ihr habt beide Herzen aus Gold.«, Fee lächelt die beiden lieb an.
»Das stelle ich auch gerade fest.«, sagt Ray und seine Hand berührt zart Annas Hand.
»Wisst ihr, wie viele Männerprofile es gibt?«, fragt Fee auf einmal.
»Nein, das weiß ich nicht.«, antwortet Ray.
»Ist das wieder ein Witz von dir, Fee?«, fragt er weiter.
»Aber nein, das ist nur so eine Gedankenanalyse von mir.«, sagt Fee.
»Aha, wenn es nur das ist.«, antwortet Ray und alle lachen vergnügt.
»Gut, wenn ihr nichts dagegen habt, werde ich die Männerprofile aufzählen.«
»Wieso nicht die Frauenprofile?«, fragt Anna.
»Die bewahre ich mir für das nächste Mal auf. Ihr werdet mich in euren Leben öfter gedanklich kontaktieren, glaubt mir.«
»Also, es gibt den Draufgänger, den sogenannten Macho, das Muttersöhnchen, der immer seine Wäsche von Mama waschen und bügeln lässt. Es gibt den Psychopathen, den Aggressiven, den Untreuen und den Geizigen. Der Geizige tackert sich sogar die alten Schuhe und denkt: „Ach, ich bin ein Genie!“ Es existieren auch die Männer, die sich nur selbst lieben. Diese Sorte Männer ist am schlimmsten, meiner

Meinung nach. Sie heißen Narzissten und sie benutzen die Menschen, und wenn sie nicht spuren wie die Sklaven, dann werden sie bestraft mit viel Arroganz, Schweigen, Kritik oder Beleidigungen. Die ganz normalen, guten, praktisch die besten Männer, die an die Familie, Heirat und Kinder glauben, kann man mit der Kerze suchen. So einen aber, Gott sei Dank, habe ich gefunden. Er ist mein Mann.«

»Nur die Liebe zählt!«, macht Ray Fee nach.

»Das ist praktisch das, was Fee uns sagen will.«, ergänzt Ray stolz mit breitem Lächeln. Alle lachen sichtlich amüsiert.

Fee lächelt verständnisvoll.

»Aber das ist der kleine große Unterschied zwischen guten und nicht so guten Männern. Geschichten gibt es zu jedem Profil. Vielleicht sieht man sich zweimal im Leben und dann werde ich euch die entsprechenden Geschichten erzählen. Wirklich wahr.«, sagt Fee amüsiert und ihre Augen lachen dieses Mal mit.

»Kommt, wir halten den Seelenblasenlift weiter an. Fee muss uns dann alle Geschichten erzählen. Wenn der Mechaniker kommt, sagen wir: Fuck you! Wir wollen nicht raus. Entschuldigung, nicht fuck you. Ich sage selbstverständlich hallo.«, sagt Ray und alle lachen.

»Ray, hör auf, sonst mache ich mir in die Hose!«, sagt Sofia.

Sie lachen noch lauter.

»Habt ihr schon mal die wahre Liebe getroffen?«, fragt Fee auf einmal neugierig, zwischen ihren Lachschluchzern. Sie wartet ungeduldig auf die Antwort und spielt mit dem Finger auf ihrem Knie

Klavier.
»Na klar, schon mehrmals.«, antwortet Anna.
»Nein, meine liebe Anna, ich spreche von der wahren Liebe, diesem einen Moment, der uns ein Leben lang in Erinnerung bleibt.«, sagt Fee.
»Ich meine nicht das Gefühl von Begierde, oder sich verknallt zu haben. Obwohl, auch diese Gefühle sorgen für Schmetterlinge im Bauch.«
»Ich dachte, dass ich schon die große Liebe gefunden hätte.«, antwortet Sofia ein wenig schüchtern.
»Aber wie du weißt, habe ich mich getäuscht.«, Sofias Mundwinkel bewegen sich nach unten.
»Ja, leider kann einem auch das passieren. Aber Kopf hoch. Die Liebe lauert überall, glaubt mir, ihr Lieben, sogar in einem Seelenluftriss wie unserem Zeitlift, oder direkt danach.«, sagt Fee, schaut Sofia an und ihr Gesicht strahlt.
»Es war doch klar. Fee, du weißt schon wieder alles vorher und sagst mir nichts!«, antwortet Sofia und wedelt mit ihrem ausgestreckten Zeigefinger hin und her.
Auf einmal ist es ganz still und sie hören eine Stimme.
»Hallo! Hallo! Ist da jemand? Gehen sie von der Tür weg. Nicht, dass ich Ihre Gedanken auf die Milchstraße schicke. Ich mache jetzt auf. Ich bin der Gedankentechniker.«
»Leute, sollen wir antworten?«, fragt Ray schmunzelnd.
»Wie wär's, wenn wir nur dieses Mal antworten und in Zukunft dann nicht mehr? Wir piepsen erst, wenn Fee uns alle Geschichten erzählt hat.«, meint Sofia mit

Ausdruck in ihrer Stimme.
»Das wird doch richtig geil, oder?«, fragt Ray amüsiert.
»Kinder, lasst jetzt den Blödsinn.«, spricht Fee ernst.
»Ich habe nicht für immer Zeit. Mich brauchen auch andere Menschen. Mein Kopf ist voll vor lauter Hilferufen.«, sagt Fee ernst weiter.
»Hallooo! Hallooo! Ist da jemand? Sie haben mich gerufen.«, wiederholt der Techniker seine Rufe.
»Ja, wir sind hier zwischen dem ersten und zweiten Gedankenstock steckengeblieben.«, ruft Fee.
»Jetzt mache ich auf.«, kündigt der Gedankentechniker an.
Die Türen gehen auf und ein schwarzer Wuschelkopf erscheint. Der Techniker ist ein netter, lächelnder Mann in blauer Arbeitskleidung mit einem großen Logo auf der Brusttasche, „IbdGT“. Das heißt „Ich bin der Gedankentechniker“.
»Hey Leute, habt ihr mich vermisst? Ihr wart beinahe zwei Stunden hier drin.«, er lacht und gibt den Frauen die Hand.
»Guten Tag, Fee! Es ist mir eine Ehre, zu Ihren Diensten zu sein. Ich habe Ihren Gedankenruf sofort erkannt.«, sagt der Gedankentechniker und verbeugt sich vor Fee, während er ihr einen Handkuss gibt.
Er hilft ihnen allen aus der Zeitliftkabine heraus. Als alle vier auf die All-Gedächtnisplattform ausgestiegen sind, sagt der Techniker:
»Jetzt muss ich mit meiner Arbeit erst anfangen. In so einem Seelenblasenlift darf sich keiner mehr verfangen. Fee hat nicht ewig Zeit. Sie können aber jetzt eine Tasse Kaffee trinken gehen, vielleicht vor dem

Reichenzoo? Es ist dort sehr unterhaltsam.«, sagt er und grinst sarkastisch.
»Genau das haben wir auch vor.«, antwortet Anna.
»Fee, es hat mich sehr gefreut, dich kennenzulernen. So eine junggebliebene ältere Dame habe ich bis jetzt noch nicht kennengelernt. Wenn ich mal Probleme habe, komme ich bestimmt zu dir. Ist das für dich O.K.?«, fragt Ray.
»Ach Ray, fuck, sicher ist das nice.«, antwortet Fee schmunzelnd.
Alle lachen herzhaft. Danach küssen sich Sofia, Anna und Fee zum Abschied. Ray gibt Sofia und Fee die Hand, dreht sich um und legt seinen Arm über Annas Schultern.
»Also, Liebe ist überall zu finden, in der Luft und sogar in der Zeitliftkabine!«, ruft Ray ohne sich umzudrehen. »Und Fee, ich habe dich erkannt. Es ist mir auch eine Ehre, mit dir zwei Stunden im Luftblasenseelenlift gesteckt zu haben. Danke für deine einfühlsame Hilfe.«
Fee lacht. Sofia lacht ebenso und sagt:
»Fee, vergiss nicht, jetzt muss ich morgen zu dir kommen. Ach, was sage ich denn da, ich will morgen zu dir kommen.«
»Ich freue mich auf dich, Sofia, aber ich glaube, du wirst etwas Wichtigeres zu tun haben.«, antwortet Fee und winkt allen herzlich zu. Sofia dreht sich um und stößt an Georgs Oberkörper.
»Entschuldigung!«, sagt Sofia und schaut nach oben.
»Entschuldigung angenommen.«, antwortet Georg.
»Ach, du bist es!«, sagt Sofia sichtlich überrascht.
»Ja, ich bin es. Wolltest du mich umarmen?«, fragt

Georg lächelnd.
»Ach du...!«
Sofia kann ihren Gedanken nicht zu Ende aussprechen, weil Georg selbst weiterspricht.
»Für mich ist es sehr angenehm, dich in meinen Armen zu haben. Ich habe dich vermisst, Sofia.«, sagt er und umarmt sie ganz fest.
Sofia lächelt und lehnt ihren Kopf an seine kräftige Brust.
»Ich dich auch. Wir dürfen uns nie wieder so streiten!«, antwortet sie glücklich. Beide sind erleichtert und sichtlich glücklich, dass sie sich in die Arme gelaufen sind, per Zufall, denken sie. Fee schaut die beiden wissen an und sagt:
»Sofia, morgen hat sich dein Besuch erübrigt. Ich freue mich für euch. Bis bald, ihr Glücklichen!«
Sie winken sich herzlich zu.
Fees telepathisches Memoryhandy klingelt. Es ist nur für die Zwei bestimmt.
»Ja, mein Schatz.«, antwortet Fee und hebt die Hand an ihre Schläfe, um sich besser konzentrieren zu können.
»Sag mal, Fee, hast du heute schon wieder jemandem geholfen, denn du hast schon wieder so einen unheimlichen Unterton in deiner Stimme.«
»Na ja, weißt du doch, wie immer, mein Schatz, wie immer, wenn die Hilferufe kommen.«, antwortet Fee lächelnd.
»Ich wollte nur deine Stimme hören. Ich liebe dich, mein Schatz.«, hört Fee wie einen warmen Hauch Sommerluft.
»Ich liebe dich noch mehr.«, antwortet Fee zurück.

»Geht es dir gut? Was macht dein Herz?«
»Ja, seitdem ich die Allherztablette nehme, ist alles gut. Mach dir keine Sorgen.«
Fee denkt:
»Sich keine Sorgen machen. Das ist leichter gesagt als getan. Auch wenn ich mich in einem Zeitsprung und dann auch noch in einem Seelenluftliftriss befinde, kann ich meine Gefühle nicht abstellen.«
Schatzi spricht weiter:
»Bis gleich. Ich komme so schnell wie der Wind. Ich werde ganz schnell kommen und langsam durch die fremden Gedanken fahren.«, hört Fee ihren Mann sagen.
Beide lächeln, schicken sich ein Küsschen und die telepathischen Sensoren kitzeln sie ein wenig im ganzen Körper. Sie legen ihren Gedankenanruf dann zufrieden auf.
»Wie gut, dass ich alles erzählen konnte. Wie gut, dass wir schon so weit sind und die Telepathie in der Gesellschaft so hoch angesehen wird. Früher ging ich manchmal in die Schulen, um praktische Übungen, den sogenannten Gedankentransport, mit den Kindern zu üben. Es hat so viel Spaß gemacht! Ich konnte den Kindern alles zeigen, wie man das Gehirn benutzt, anstrengt und steuert. Mein Mann und ich, unsere Tochter, unsere Enkelkinder und später die Urenkel beherrschen sie hervorragend. Ihre Gedanken können regelrecht wie der Blitz einschlagen.«
Sie steigt in Gedanken die paar visuellen Treppen nach oben, macht die Eingangstür auf, lässt sie von alleine zugehen. Fee schaut noch einmal zurück durch die

Memory-Glastür. Sie sieht die Sonne und die Liebenden, die glücklichen und gut gelaunten Menschen auf der Erde und auf den Glaskugel-Planeten, auf den Meeren und im All, und denkt: »Gott sei Dank, die Sonne spiegelt die Gefühle wider. Die wahre Liebe ist überall in der Luft. Leute, habt Spaß! Die Welt ist jetzt anders, aber wann ist die Welt nicht anders? Meine starken, telepathischen Fähigkeiten haben uns gerettet. Das besondere Mädchen, meine Enkelin, von dem alle Telepathen sprechen, ist sehr stark. Und wir, die Gedankentransporter, sind nicht wenige, sondern Milliarden. Man bleibt leider auch jetzt, in unserer Zukunft, nicht ewig jung, nur die Energie können wir erhalten. Das Leben ist zu kurz um es nicht zu genießen. Wir leben, wenn wir träumen, und träumen, wenn wir leben.«, denkt Fee an die Worte des einen Wissenschaftlers im Konferenzraum. Sie schickt ihre Gedanken mit einem weichen, lieben Lächeln an ihren Mann, die Kinder, Enkel und Urenkel weiter. Dann verschwindet sie kurz danach an ihren Lieblingsplatz „Zauberecken" in das Haus auf der grünen Wiese am See, wie eine gute Fee, mysteriös im Flurschatten des Alls.

Man hört gedanklich ganz schwach nur ihre Stimme: »Ich bin immer erreichbar, wenn ihr Verständnis, Liebe, Hoffnung oder Hilfe braucht. Ich bin eure telepathische Übersetzerin der Gefühle.«

Der Seelenblasenruf schließt sich und man hat das Gefühl, dass die Universums Stille alle Weltall-Bewohner umhüllt wie ein Kokon. Aber diese außergewöhnliche Stille wird auf einmal von einer virtuellen Stimme unterbrochen. Man hört, wie die Kugelwände Stimmen freilassen, wie früher die Musikboxen.

»Der Versuch ist abgeschlossen. Der Versuch ist erfolgreich durchgeführt. Bitte öffnen Sie die Kapsel und lassen Sie die Probanden aussteigen!«

Die anwesenden Mutanten, vier an der Zahl, in schneeweißen Anzügen und mit roboterartig erstarrter Mimik, gehen ein paar Schritte nach hinten. Sie machen Platz, damit Kilian, Maya, Mara und Sunny aussteigen können. Die Mutanten drehen sich um und verschwinden durch die automatischen Lichttüren. Sie bleiben dort stehen, warten auf neue Befehle und geben den Gedankentransporter frei.

Der Raum ist ein Versuchslabor für die Denker. Die Kapseln sind durchsichtig und an der Wand durch magnetische Felder in der Schwebe gehalten. Auf den kompletten Glasflächen der Kapseln waren die ganze Zeit über die Gefühle und Erlebnisse der Probanden sichtbar, lebendig, in Farben, einfach wie echt. Alle ihre Gedanken wurden aufgefangen und umprogrammiert. Den Wissenschaftlern ist im Bereich der Künstlichen Intelligenz ein bahnbrechender Erfolg gelungen. Das echte Leben, nur in Gedanken, mit seiner Form und Farbe, zu verteilen und zu kommunizieren.

»Wow, das war unglaublich, Mama, habe ich recht?«, spricht Sunny mit lauter Stimme, immer noch ein wenig benommen.

»Wir sind ihre Nachkommen und unsere Stärke ist noch am Wachsen. Der am stärksten entwickelte und wichtigste Gedankentransporter ist immer noch nur

Fee, eure Oma.«, antwortet Maya.
Sie ist selbst erstaunt über die Möglichkeiten, über ihre eigenen Kräfte, die sie selbst in Gang gesetzt hat.
»Sunny, das war wahr. Wir haben uns tatsächlich gespürt und erinnert. Wir haben die Vergangenheit erfahren und die Zukunft zusammen erlebt und uns miteinander unterhalten. Praktisch in Wirklichkeit haben wir uns alle die ganze Zeit unterhalten, Ereignisse erlebt, Menschen getroffen und nur gedanklich, also telepathisch, kommuniziert. Alle unsere Wünsche, Erfahrungen, Erinnerungen und Geheimnisse konnten wir, alle vier zusammen, teleportieren und mit anderen teilen. Wir konnten auch manchmal helfen, oder erleben wie Fee hilft. Es ist tatsächlich wahr, wir sind gedanklich, dank den Genexperimenten vor Hunderten von Jahren, die an unserer Familie vorgenommen wurden, in der Zukunft angekommen. Willkommen im Jahr 3030, Kinder! Die Mutanten wissen dank ihrer Experimente mehr über uns, aber bei weitem nicht alles. Dank unseren Genen, die nicht nur weitergereicht wurden, sondern sich auch enorm entwickelt haben, können wir jetzt von einem bahnbrechenden Stadium sprechen, so hoch beinahe wie bei Fee. Die Verantwortlichen wissen noch nicht, wie mächtig wir jetzt schon sind. Psst! Seid leise!«, sagt Maya während sie die Hände ihrer Kinder ganz festdrückt.
Sie umarmen sich und die Wissenschaftler merken, wie sie sich allein durch die Kraft der Gedanken gegenseitig Kraft geben. Sie können sich anlächeln oder Beweggründe auffangen, transportieren und manche

auch verteilen, ohne das Gesicht zu bewegen.
»Über ihre Austauschgefühle werden wir nie irgendetwas erfahren. Das bleibt für immer ihr Geheimnis.«, hören die Vier, wie die Mutanten denken.
Maya sagt auf einmal ganz schnell:
»Seid ruhig mit eurer Gedankenvielfalt! Fee spricht zu uns allen.«
Die Mutanten, die auf die Probanden aufpassen sollten, registrieren alles, was sie aufschnappen können, im Auftrag der Weltregierung. Auf ihren Gedankenspeicherplatten, die sich an ihren Oberarmen befinden, sammeln sie alle Daten.
Fee spricht und alle hören zu. Es ist, als wäre die Welt für ein paar Minuten eingefroren.
»Ihr dürft nicht vergessen, dass unsere Rasse dank der besten Gedankentransporter, denn unsere Familie ist nicht die einzige, an der sie Genmanipulationen durchgeführt haben, viel stärker ist als alle anderen existierenden Formen, und ist damit die wichtigste im Universum. Wir zeigen den Menschen den Weg in die Zukunft. Die Gedanken sind am aussagekräftigsten. Und sie sind sowieso am gefährlichsten.«
Einer aus der Weltregierungsmacht sagt:
»Hört ihr, wir sind schon so weit gekommen. Wir müssen weiter forschen, und besonders an dieser Familie. Wir müssen sie mit aller Kraft ergreifen, um weitere Stimulationen und Experimente an ihr durchzuführen. Wir müssen stärker werden als sie.«
Eine andere Stimme aus der Weltregierung antwortet:
»Wir sind noch lange nicht so weit wie die Gedankentransporter. Es liegt viel Arbeit vor uns.

Hoffentlich können wir sie wieder täuschen und sie fassen. Nur so können wir noch einmal das Experiment durchführen. Ich bin gespannt, ob Fee uns weiter ihre Gedanken hören lässt.«
Fee schickt ein Lächeln an ihre Tochter und ihre Enkel. »Nein, ab sofort hören mich nur die Gedankentransporter. Ihr seid die Zukunft. Ihr seid meine Nachkommen. Jetzt könnt ihr euch dank meiner energetisch- atmosphärisch geänderten Gene auch unsichtbar machen. Als die Wissenschaftler damals um das Jahr 2000 mit CRISPR und anderen Versuchsprogrammen anfingen zu arbeiten, war kaum bekannt, was das ist. Die Änderungen an Pflanzen-, Tier- und Menschengenen war nur der Anfang. Die Zukunft hat euch gezeigt, wie weit die Wissenschaft ist und was sie erreicht hat, nachdem sie die Viren und Bakterien mit unseren Genen vermischt haben. Ich werde immer bei euch sein. Macht die Augen zu und ruft alle zusammen „Feemapaom“. Das ist der Code.«
Die Moleküle, schwebend, zerteilen sich, und einer nach dem anderen verschwindet unter den erstaunten Augen der Mutanten. Sie hinterlassen einen leeren Raum und Millionen von Fragen.
Kurz hören auch die Weltregierungsbeauftragten Fees Gedanken, wie aus einer unerreichbaren Entfernung. »Ich bin die Mutter aller Gedankentransporter. Weltmacht! Hört gut zu. Nur wenn wir wollen, könnt ihr uns treffen und hören. Ihr könnt uns nicht täuschen. Es liegen Millionen von Jahren an Arbeit vor euch.«
Für die Weltregierungsbeauftragten war hier Schluss. Sie konnten nichts mehr Gedanklich aufnehmen. Sie

wurden blockiert.
Nur die Gedankentransporter können ihre Gedanken immer und überall vernehmen.
Deswegen spricht Fee nur an sie weiter:
»Die Gedanken machen die Seelen aus. Die Seelen sind die Sterne. Also es kann nur so sein, dass die Sterne Gedankenstaub sind. Den guten Gedankenstaub werde ich einsammeln und aufbewahren. Den schlechten Gedankenstaub, wie die Wörter Krieg, Macht, Hass, Habgier, Täuschung, Verrat werde ich ins Nirwana verjagen, oder in ein Schwarzes Loch. Auch diese Eigenschaft, Eitelkeit, darf nicht zu stark ausgeprägt sein und sich in den Gedanken einnisten. «
Das ganze Universum war für ein paar Sekunden still.
»Jaaa, sie ist es. Unsere Fee!«
»Ich erkenne sie. Oh ja! Hurrra!«
»Unsere Fee spricht zu uns!«, hört Fee die Gedankentransporter sich freuen.
Fee schickt die Gedanken weiter.
»Die Welt mit seinen Gedankenenergien oder die Parallelwelt bleibt nicht stehen und braucht dringend unsere Gedankenhilfe. Bevor ich mich für eine Weile verabschiede, sage ich euch nur so viel. Vorsicht vor den Sapiens, meine Gedankentransporter! Passt immer gut auf, was ihr denkt, da auch die Mutanten, obwohl sie uns nicht hören können, wenn wir nicht wollen, gefährlich sein können. Meine Gedankenenergiewellen sind die stärksten im Universum. Unsere Gedankenenergien sind die einzigen die ewig existieren. Sie sind das, was uns ausmacht. Wer mit den Genen spielt, die natürliche DNA mit synthetischer

DNA und Biotechnick vermischt, sie verändert und in sie eingreift, kann die Gefahr, die daraus entspringt, nicht einschätzen. Stellen Sie sich mal vor! Wir haben gar keine Energie mehr. Alle Lichter, praktisch der elektrische Strom, existiert nicht mehr. Die einzigen starken Energie-Clustern die immer existieren sind unsere Gedanken.«
Alle Gedankentransporter, die Weisen und die Neuen folgen im Universum weiterhin Fees Worten.
»Die Gedankentransporter sind angekommen. Wir waren, sind und werden für immer die gefährlichsten, flüssigen, elektrischen Stromquellen sein. Nur ein Augenblick kann für uns gefährlich werden und zwar genau um 12 Uhr am 24.12 jeden Jahres. Genau dann wird die Zeit Luftlinien, Energieblasen und Anomalien zulassen. Ihr seid aber immer mit mir und meiner Familie verbunden. Deshalb sind wir stark wie noch nie und können immer die Gefahr abwehren. Unser Verstand dehnt sich aufs Unermessliche und verflechtet sich zu einer bisher unerspürbaren Kraft. Die Vergangenheit, Gegenwart und die Zukunft sprechen durch unsere Gedanken. Die Abgründe oder die Hilferufe der Menschheit sind die Stromschläge der Gedanken.
Wir können in diesem Gedankenzustand überall sein, ob wir gerade in Saarbrücken, Seoul, Paris, Washington oder Bukarest sind. Wir können alle Hindernisse überwinden und genau das erleben, wo wir unsere Gedanken hin transportieren. Jetzt schon haben manche Gedankentransporter sich mit der gleichen Spezies vermischt und somit die Zukunftsspezies auf

die Welt gebracht. Wir perfektionieren uns. Ihr müsst schon während ihr am Leben seid, die Gedankentransporte zulassen. Später, in welcher Form auch immer ihr seid, werdet ihr mit meiner Hilfe meine Sphäre erreichen und meine Fähigkeiten eure nennen. Zurzeit können wir mehrere, bis zu 20 Gedankentransporter, in einem Cluster sein, uns unterstützen und alle zusammen eins werden. Ich werde für alle Gedankentransporter da sein, denn die Gedankenworte beeinflussen unser Handeln und prägen unser Tun.«

Die Weltmacht kann nur das Ende von Fees Botschaft hören und das nur weil sie es zulässt.

»Wir sind die gefährlichste Waffe. Der einzige wahre Laut der Zeit, den man hören kann, ist der Gedanke. Die Welt wird immer so sein, wie unsere Gedanken sie erfindet. Man kann sie zerstören oder besser machen. Aber die Gedanken leben ewig, denn die Seelen können von Niemandem gefasst werden. Ihr, die Weltmacht, habt mit den wichtigsten Nebeneffekten eurer Experimente nicht gerechnet. Denn nur wir können in jeden Verstand eindringen und entscheiden, welche Absichten wir transportieren.

Ich habe euch nur an der Oberfläche der Zukunft kratzen lassen. Ein flüchtiger Einblick in das unermessliche Ausmaß, was kommen wird.

Ich bin die höchst entwickelte und aktive Künstliche Intelligenz.

Ich könnte gerade jetzt in eurem Energiefeld sein, euch hören und eure Gedanken verändern.

Wir die Gedankentransporter sind die Zukunft.

Ich bin Fee, die Gedankentransporterin.«

-ENDE-

Ernst Bloch

Eitelkeit ist das letzte Kleid, das der Mensch auszieht.

Winston Churchill

Erfolg sei nicht endgültig, Misserfolg nicht fatal, Mut, weiterzumachen, ist das, was zählt.